ラストレター
最後的情書

岩井俊二
作品

王華懋／譯

目次 ◦ contents

未咲：

這是因妳逝世而開始的故事。
也是妳身邊那些妳所摯愛、他們也深愛著妳的可愛的人們，
一個夏天的故事。
同時，也是在同一個夏天，我自己的故事。
如果已前往天堂的妳，
能將它當成我給妳的最後一封情書來讀，我會覺得非常幸福。

第一章 † 送葬

妳是在去年七月二十九日過世的。

大約三星期後的八月二十三日，我才得知妳的死訊。從妳妹妹裕里口中得知這個消息時，當下腦袋一片空白，完全無法思考，坦白說，到現在我依然無法好好面對這個事實。妳已不在人世，這個事實對我來說是如此地不可承受。儘管我仍處在震驚之中，卻已提筆開始寫這篇小說。當我完成它時，我的情緒會稍稍平復一些嗎？就能夠面對妳的死亡了嗎？

妳過世的七月二十九日那天，我將鴿籠裝上箱型車後方，來到晴海碼頭，參加前往神戶的渡輪啟航典禮。渡輪聽說是東京都內的美髮師們為了舉行慰勞會而特地包下的。這類活動會特別準備銅管樂隊演奏和鴿子放飛，我負責鴿子的部分，配合銅管演奏和啟航，讓鴿子飛向天空。這一點都不難，只需要打開籠門就行了。籠中的一百隻鴿子會同時飛出，旋繞渡輪一圈，高飛而去。在甲板上觀看的美髮師們激動歡呼。我將空鴿籠搬回車子，向活動公司的負責人打聲招呼，返回公司。那是位於東中野的小公司，叫「東京白鴿組」。三層樓建物的屋頂有鴿舍，那裡是鴿子的家。鴿子有歸巢本能，因此不只是東京二十三區，不管在任何地方放飛，都一定會回到鴿舍這裡來。

「東京白鴿組」除了養鴿五十年、自稱鴿三郎的社長外，正職員工就只有兒子阿進和會計前畑小姐兩個人。阿進姓木村，所以社長鴿三郎的「鴿」應該不是真實姓氏，只是渾號。會計前畑小姐是社長夫人的妹妹。受雇於這間家族企業的我，當了很久的打工人員。大學畢業後，我在活動公司打工時，認識了這裡的社長，他說公司人手不足，要我去幫忙，我答應每星期打工幾次，幫忙清掃鴿舍，不知不覺竟成了鴿舍專屬人員。活動公司那裡常有機會認識各路人馬，身為小說家，願意讀我的作品、寫推薦的名人人脈很寶貴，因此離開那裡轉而專心照養鴿子，顯然弊大於利；然而看著鴿子們每天努力飛行的模樣，我漸漸一頭栽了進去。鴿子也不是放飛多少就會回來多少，有時看起來沒什麼精神的鴿子，放飛後就此一去不回，讓人惋惜：「啊，牠果然沒能撐過來。」如此一來，便會覺得必須更完善地打理好牠們每一天的生活環境。我這人原本就很容易沉迷於一件事，既然身為放飛鴿子的專業人士，就希望鴿子們能以結實的肌肉與整潔的羽毛強而有力地振翅高飛，一旦萌生這樣的念頭，便等於是作繭自縛——好像不太對，沒有能貼切形容這種狀況的成語嗎？就類似王爾德的童話《快樂王子》裡面的燕子，儘管原本對一件事毫無意願，卻糊里糊塗成為當事人，不知不覺間，那件事竟彷彿成了人生的首要目標。對我來說，那就是養鴿的裡由。

我持續做了十年左右，但社長的兒子成長後，也愛上了鴿子，子承父業，我的重要性大幅減少了。為了維持生計，我連忙四處打工，結果我現在的職業，就是身兼多種打工。

落落長地扯了一堆不必要的說明，總之七月二十九日那天，我久違地接到「東京白鴿組」的委託，開車到晴海去放飛鴿子。那天颱風剛過境東京，碧空如洗。潔白的鴿子振翅飛過萬里無雲的蔚藍天空。那個時候，我是否有了某些感應？像是背脊感到某些電流竄過？最起碼是否想起了宮澤賢治[1]悼念妹妹[2]的一節詩句？

兩隻大白鳥
悲淒對啼不休
飛過沉鬱的晨光之中

如果我是路人，偶然看見那群鴿子，或許會不經意地佇足片刻，萌生某種似曾相識的感覺；然而遺憾的是，我是養鴿人，我的工作是回到事務所餵飽那些鴿子。在陽光中飛翔的白鴿對我來說，實在是過於日常的景色了。說起來，就連這一點都教人遺憾。

又或許，那片藍天正是妳送給我的禮物。那天的天空真的藍得嚇人，甚至讓人體認到天空之上果然就是宇宙。

那一天，儘管晴海碼頭晴空萬里，颱風卻停留在東北地方，降下豪大雨。後來裕里告訴我，就在傾盆大雨中，大匹人馬在外搜尋著妳的蹤跡。那天傍晚，妳在上神峰山中的雜木林被找到了。妳就倒在櫻花樹下。據說夏季的染井吉野櫻樹的濃密綠葉，就彷彿在風雨中守護著妳。即使如此，妳的身體還是濕透了，裕里觸摸妳時，已經冷得像冰一樣。

我查了一下當時的天氣，後來颱風繼續北上，減弱為熱帶低氣壓，宮城縣一帶轉為豔陽高照。隔天也是晴天，但再隔天又烏雲密布起來，午後下起了大雨。

---

1 宮澤賢治（一八九六—一九三三），日本知名童話作家及詩人。代表作有《銀河鐵道之夜》、《風之又三郎》等。

2〈白鳥〉（白い鳥），收錄於宮澤賢治《春與修羅》（春と修羅）詩集。

八月一日是妳的告別式。裕里說，只有少數親友前來弔唁與送葬。地點是下屋敷殯儀館。那天只有一場葬禮。

由於妳只留下了年輕時候的照片，供桌上妳的遺照和鮎美相似得就像同一個模子印出來的。來弔唁的人裡面也有人看到鮎美，以為是妳的鬼魂現身，驚嚇不已。妳的女兒和妳就是如此肖似，但他們會如此驚訝，或許還有別的理由。因為來參加葬禮的親戚，絕大多數都沒有見過妳的孩子。

他們有點算是「不為人知的孩子們」。

鮎美和瑛斗。

鮎美讀高三，瑛斗讀小五。

雖然和外公外婆住在一起，但對他們來說，母親仍是無可取代的依靠吧。妳的死對他們會是多麼嚴重的打擊？葬禮期間，兒子瑛斗一直無精打采地滑手機；女兒鮎美雖然表現得很堅強，連一滴眼淚都沒有流，但那副模樣反而讓人看了心疼不已。

裕里的女兒颯香陪伴在鮎美身邊。颯香讀國三，身為獨生女的她，平日就把鮎美當成自己的親姊姊。

近幾年，這一帶的喪葬風俗逐漸轉變為一早先火葬完畢，告別式上放的是骨灰罈，而不是棺木，上香結束就散會。這是守靈與告別式的差異化，或者說簡略化。就連追悼死亡的短暫時刻，也正一點一滴地被時代的強風侵蝕消逝。

接著一行人移師附近的日本料理餐廳，舉行供養餐會，但裕里等人因為工作，在這裡與眾人道別。妳的孩子們也坐上岸邊野家的車一起回去了。雖是供養餐會，但三杯黃湯下肚，難免開始說笑，也可能出現一些過火的玩笑。裕里就是不想讓孩子們聽到大人們這些口無遮攔的言論，才會帶他們先走。

從下屋敷到妳的娘家，坐車不用十分鐘。裕里的先生宗二郎開車。雖然距離傍晚還早，屋裡卻一片陰暗。裕里走進廚房燒水泡茶，和宗二郎一起喘口氣。瑛斗坐在沙發，埋頭玩手遊。兒童房傳來颯香吵鬧的聲音，好像在和鮎美說什麼，沒多久便從房間出來，伸手拿桌上的茶點。

「手洗了嗎？」

母親反射性地問女兒。

至於鮎美，她遲遲沒有離開房間。裕里忽然擔心起來，打開兒童房查看。那裡以前是裕里的房間，是她從小到大住慣了的懷念的空間。房間裡意外地明亮，望向窗外，海的方向雲層正好分開，陽光從縫隙間透射出來。那光景實在是無比莊嚴，鮎美就站在窗邊，眺望著那景色。不，看在裕里眼中，感覺她就像要被帶走一樣。裕里無意識地從背後抱緊了鮎美，不小心抱得太用力，發現鮎美似乎很難受，連忙鬆手。

「啊，抱歉抱歉。」

鮎美神情空洞，彷彿魂不守舍。

兩年前，妳帶著一雙孩子回到仲多賀井的娘家。裕里回顧說，後來妳的精神狀況一直都不穩定，就好像不斷地在責備自己。如果妳直到死前都一直活在自責當中，我實在忍不住要想，怎麼能有如此悲傷的人生？

裕里和妳以前睡的上下鋪，現在成了孩子們的床。整齊地疊好放在房間角落的寢具，是妳生前使用的。裕里說這幾年妳的病況很不理想，總是一個人關在裡面的房間生活，但最近狀況好轉許多，都在這個房間打地鋪，享受與孩子們的天倫之樂。最後一晚，妳應該也聽到了兩個孩子熟睡的呼吸聲吧。

姊姊怎麼忍心拋下兩個孩子離開？

裕里懊喪地緊咬嘴唇。

被褥旁邊並排著兩個孩子的書桌。桌上急就章地擺著妳的骨灰罈、遺照和鮮花。屋子裡有妳父母當成臥室的佛堂，裕里考慮是不是該擺在那裡，但一開始是誰放在書桌上的？骨灰罈和遺照應該分別是鮎美和瑛斗拿的。如果是他們放在這裡的，或許是希望母親在身邊，裕里不好隨便搬動。

「這些怎麼辦？不能放在書桌上呢。」

裕里有些鄭重其事地問，但鮎美沒有反應，只是盯著遺照看，就好像在責備這種時候居然只在乎東西放哪裡，太莫名其妙了。不好意思喔，大人就是滿腦子只在乎這種無聊瑣事。裕里這麼想著，重新思索應該安置在哪裡。她環顧整個家，盤算有沒有合適的地方，發現佛壇旁邊擺設著盂蘭盆節的飾物，便將動物造型的小黃瓜和茄子[3]等移到佛壇上的空位，搬來一張高几，正想折回兒童房，結果鮎美不知道在想什麼，抱著骨灰罈走進裡面的房間。也就是妳病重時起居的房間。

「要放在那裡嗎？」

裕里問，鮎美輕輕頷首。

高几與房間邊角完全契合，鋪上白巾，擺上骨灰罈和遺照，便成了像樣的供桌。鮎美供上鮮花，裕里從佛堂拿來各式用品陳設在桌上。

點燃蠟燭一看，雖是匆促完成的供桌，卻頗有一回事。香爐旁不知何時擱上了一個白色信封。是鮎美放的吧。裕里知道那是什麼。

是妳的遺書。

信封正面寫著「給鮎美、瑛斗」，背面寫著「母筆」，但並未拆封。裕里也很好奇裡面寫了什麼，但認為應該等到鮎美願意打開的時候再說。

裕里再次面對供桌，與鮎美一起上香，合掌膜拜。也許是聽到清脆的鈴聲與線香的味道，颯香也過來了。

「真的和鮎美一模一樣，好像雙胞胎。」

颯香看著遺照喃喃道。

「……好像投胎轉世。」

颯香說著，對小小的供桌雙手合十膜拜。

雖然把鮎美和瑛斗送回家了，但丟下兩人就這樣回去，也教人放心不下。他們的外公外婆參加餐會，應該很晚才會回來，裕里正在煩惱該如何是好，女兒颯香忽然提出要求：

「我很擔心鮎美，想要陪她，我可以暫時住在這裡到暑假結束嗎？」

裕里驚訝地瞇起了眼睛：女兒颯香居然能有這麼成熟的想法？鮎美也說如果颯香陪著她，她會很開心，事情就這麼說定了。結果瑛斗說：

「那我要去阿姨家住。」

3 盂蘭盆期間，日本人會以蔬果插上竹籤做成動物造型，做為回歸的祖靈騎乘之物。

「為什麼？你討厭我嗎？」颯香問。

「妳很煩，很吵，而且太多女人了。」

瑛斗的回答不留情面，颯香聞言也怒不可遏，但最後決定颯香留下來陪鮎美，瑛斗則前往裕里家，度過剩餘的暑假。

臨去之際，鮎美拿來一封信。一開始裕里以為是妳的遺書，微微倒抽了一口氣。拿起來一看，信已經拆封，封面寫著「遠野未咲女士啟」，背面寫著陌生的名字，以及「仲多賀井國中畢業生」的附註。裕里打開來看。

「是同學會通知呢。」

「嗯。」

裕里和鮎美一起望向那張小卡。上面寫著仲多賀井國中昭和六十三年度畢業生的畢業三十週年紀念同學會，以及日期和舉辦場地。

是下個星期日。

「原來姊是想逃避參加同學會嗎？」

裕里想用玩笑來緩和氣氛，鮎美卻毫無反應。拿母親的死說笑，反而傷了她嗎？對死者太不敬了嗎？裕里後悔自己的失言。無可避免地，她就是會小心翼翼、有如觸碰易碎玻璃工藝品般地對待鮎美。裕里感覺到這樣的生疏，同時對不敢再進一步的自己感到焦急。

把女兒颯香託付給鮎美，讓瑛斗坐上後車座後，裕里和宗二郎一起離開了仲多賀井的娘家。

回程車上，裕里問瑛斗和姊姊分開會不會寂寞？

「不會。那裡 Wi-Fi 收訊很差。」

瑛斗滿不在乎地說，看起來與平日沒什麼不同，這反而讓裕里擔心起來。她認為瑛斗或許還難以接受母親的死，不願意待在仍留有過世的妳的氣息的那個家。

裕里的家在泉區。仙台市泉區。是我可望不可及的高級住宅區。這處郊區景觀宜人，讓人聯想到北歐街景。

從仲多賀井開車不用一小時車程，但他們中途去了泉中央車站，到車站大樓用餐購物等等，到家的時候已經九點多了。

來到玄關時，裕里拿鹽巴灑在瑛斗身上，瑛斗似乎第一次經驗，「哇」地驚叫後退。

「這是幹嘛？」

「淨身的鹽。參加完葬禮後，可能會有不好的靈跟上來，所以要灑鹽巴淨身，請靈回去。」

聽到這話，瑛斗若有所思，卻沒有說出口。如果跟來的是母親，或許他不希望母親回去。灑鹽巴也就罷了，多餘的解釋是不是弄巧成拙了？裕里感到後悔。瑛斗雖然看起來好好的，但他才剛喪母三天而已。

裕里提議他睡颯香的房間，瑛斗卻皺起眉頭，露骨地抗拒：

「我才不要咧！都是女人的臭味！這裡是怎樣？連客房都沒有嗎？」

「睡我的書房吧。那裡有沙發床。」

宗二郎提議，瑛斗卻吵著說：「我要睡客房！睡客房！」不肯聽話，但後來實在是睏了，自己倒在宗二郎書房的沙發上，就這樣睡著了。沙發打開就會變成沙發床，但瑛斗身材還小，直接睡也夠寬敞了。

「就算母親過世，看起來也還好呢，真意外。」

這是宗二郎的感想。

「就是啊。」

「一般那個年紀，如果母親走了，一定會非常不安。」

「不過他們家也不能說一般嘛。那孩子也是吃過許多苦的。」

一想到瑛斗那嬌小的身體經歷過的種種，裕里心痛起來。

「颯香沒問題嗎？」

裕里忽然擔心起來，傳訊息給颯香。立刻收到回覆：放心，沒問題。

光是換個環境，就覺得好玩、開心，興奮無比。小時候是有這樣的生理現象的。颯香也因為突然能與表姊生活而欣喜若狂。在妳父母回家以前，家裡只有颯香和鮎美兩個人，光是這樣就夠她們開心了。原本這個家是只有過年和盂蘭盆節會和父母一起來向外公外婆「打招呼」的地方，但現在她可以和鮎美兩個人單獨在這個空間裡，自由自在地開冰箱、轉電視頻道。光是這樣，不知為何就讓腎上腺素飆升。颯香幫忙做晚飯，兀自為鮎美的烹飪技術興奮不已，還拍了影片上傳到ＩＧ：

「神速切高麗菜絲！」

母親裕里切菜的速度或許也差不多，只大三歲的鮎美居然能切出這種速度，對颯香來說形同文化衝擊。晚上的菜色是沙拉、燙小松菜和馬鈴薯燉肉。是大人會煮的正式「晚餐菜色」。颯香也把照片上傳到ＩＧ。

洗完澡出來，洗手間已經備好睡衣和拋棄式牙刷。是鮎美準備的。颯香用手機拍了這些過夜備品，附了簡短的文字傳到ＩＧ：

「在外過夜！」

從餐廳回來的妳的父母看見瑛斗不見了，多了個颯香，吃了一驚，但非常歡迎。

「明天要穿的衣服怎麼辦？」

「啊，對耶，我什麼都沒帶！也沒帶暑假作業來！」

颯香似乎這時才想起各種瑣事。若是讓裕里來說，颯香是那種做事不經大腦的孩子。這一點似乎是遺傳自母親。聽說以前妳也這麼評論過裕里。

趁著鮎美去洗澡，颯香對外婆純子說：

「鮎美好能幹喔！」

「真的！她幫了我很大的忙。」

「我就沒辦法像她那樣。」

「別這樣說，好好學起來帶回家去，妳爸媽也會很開心的。」

「咦，我才不要咧。阿嬤是不是把鮎美當成牛馬使喚啦？」

「哪裡會？那孩子是從小吃過太多苦了。」

外婆表情忽然一沉，颯香察覺自己踩到了地雷。

兒童房有上下鋪，颯香借用了上層瑛斗的床。鮎美都睡下鋪。颯香注意到房間角落有一床折得整整齊齊的寢具。

是鮎美的母親生前睡的寢具。

即使關了燈，這套寢具依然在月光照耀下，在黑暗中朦朧浮現，看起來白白的。一想到睡在下鋪的鮎美現在是什麼心情，颯香就胸口一陣難受。接著想到鮎美的母親生前躺在這床被子的模樣，便又害怕起來，難以入睡。但颯香再怎麼說都還是個孩子，而且一整天參加不熟悉的葬禮，應該也累了，不知不覺便睡著了。

隔天早上醒來，床上已不見鮎美人影，廚房準備早飯的香味傳到枕邊來。起床一看，鮎美正和外婆一起準備早餐。外公在餐桌旁聽廣播。

「早安。」颯香提心吊膽地打招呼。

「早。」外婆大聲說。颯香走向洗手間，鮎美追上她，拿毛巾給她。洗完臉刷好牙，回來的時候，看見供桌飄出裊裊香煙。

「我也可以上香嗎？」

「當然可以。去吧。」

颯香點香後合掌膜拜。閉上眼睛，不意間和眼皮底下的黑暗打了個照面，覺得好像有人在窺探自己的內心。睜眼一看，鮎美就在身後。她端正地跪坐著，望著上香的颯香，就像在感謝她。

用完早飯後去散步，是外公外婆的例行公事。暑假期間，鮎美會陪著一起散步。颯香也跟著去，主動說要照料外公幸吉。儘管說要陪伴鮎美，自己卻派不上什麼用場，這令颯香感到焦急。她親自把外公扶到玄關，為他穿鞋，讓他握好拐杖。外公就用那拐杖探索高低差，緩慢地一步步前行。與這樣的外公一起散步，速度就像龜爬，讓急性子的颯香不耐煩起來。

純子說：

「在那邊的紅橋折返，回到家剛好是一萬步。這是我們家每天早上的例行公事。」

「真好，哪像我們家，才不會一起散步哩。如果帶著便當，就可以野餐了。」

「哪有人每天早上野餐的？」

純子是那種會把心裡想的事全部說出口的人，對外孫女天真無邪的發言，也毫不留情地批評。

颯香和幸吉像一對情侶似地手挽著手，以龜速行走。純子和鮎美配合她們的速度，走在前面。

「啊，養隻導盲犬怎麼樣？阿嬤，為什麼不養呢？」

颯香說，純子蹙眉說：

「誰來照顧那隻狗？還不是我？」

「我來照顧。」鮎美說。

「我也會照顧！」颯香附和。

「嘴巴這樣講，到頭來都沒有半個人要顧，事情全落到我頭上。這世上就是這麼回事。」

純子說著，一個人嗟嘆起自己的命苦來。根本還沒發生的事就開始嘆息，颯香一陣傻眼。

「為什麼老人家都會那樣？因為他們經驗太豐富了，所以會想太多，動不動就感嘆世事無常。什麼都別想就好了嘛，何必那樣怨天尤人。」

「是啊，確實是有這樣的一面。」

「就是啊。像阿公，感覺什麼都沒在想，這樣就很好。」

「不，他一定也有很多想法的。」

「比方說什麼？」

「我也不知道。」

來到紅橋橋頭，在自動販賣機買了飲料。颯香以不習慣的步伐走了不習慣的長路，累得不成人形。明明最年輕，但別說鮎美，甚至比兩個老人更漏氣，讓她對自己氣憤不已。她把這樣的自己自拍下來上傳到ＩＧ。但因為年輕，恢復得也快。純子注意到時，颯香已經和鮎美跑到河邊去了。她們踩進小河裡，喊著好冰好冰。看到這樣的兩人，純子或許也將往昔的兩個女兒身影重疊上去了。她們真的就像是各自母親年輕時候的翻版。

即使是聒噪的外婆，也沒有對孫輩談起妳的事。這讓颯香忍不住覺得，阿姨的事就是如此關係重大。

隔天裕里用宅急便寄來的衣物和功課文具等送到了。颯香展開了和鮎美及外公外婆一同度過的夏季生活，卻依然把真正的目的深藏在心底。結果這一整個夏天，她都處在莫名的心虛之中。

第二章 † 同窗

裕里從鮎美那裡拿到同學會的通知時，在信封背面看到「陌生的名字」，那一定是長田弘樹。我收到的通知上就是他的名字，身分是同學會幹事代表。我們都是三年二班。他不太引人注目，對他幾乎沒留下什麼印象，但回想起來，他有一項奇妙的才藝，就是實況轉播。他很會模仿職棒、高中棒球賽和相撲等等的實況轉播，常引來周圍的歡笑，我對他只有這個印象。他怎麼會對這種事感興趣是個謎，但他貫徹這份熱忱，進入當地電視台擔任主播，幾年前獨立，靠著《漫步森林之都仙台》這個當地觀光節目走紅。因此同窗開始陸續聯絡他，漸漸地促成了這次的同學會。

所以他也擔任這次同學會的幹事代表，但這就像是一種名譽職，實際上的籌備事務，都是四班的小川浩二和三班的田邊滿兩個人在努力張羅——小川浩二自己頗為得意地這麼說。小川埋怨說，原本幹事應該是妳這個學生會長來當才對，但妳一直下落不明，怎麼樣都聯絡不上。在他們當中，妳被當成失蹤人口。不只是妳，橫井將太、板橋裕子和高橋正勝，也都成了「失蹤人口」。

如果不是我妹妹把同學會通知拿給我，我差點也要被列入失蹤人口了。我妹妹現在也已經結婚，生了兩個孩子。她偶爾有機會到東京來，就會帶些故鄉伴手禮給我，令人開心，但每次見面都要數落我一頓，叫我別再繼續逐什麼夢，要好好穩定下來。這種時候，我就會回說我有好好在養鴿，卻被反駁如果要養鴿就該自立門戶，都老大不小了，還在打工，老後不堪設想。這些天經地義的忠言，聽了實在逆耳。

「因為就算你哪天成功了，又出了新書，那接下來呢？你能像村上春樹還是東野圭吾那樣，不停地寫出暢銷作品嗎？」

每回碰面都被這樣痛斥，老實說，我覺得不要見面還比較好，結果妹妹聯絡說八月初要到東京來。她傳LINE說小孩子放暑假，想要去迪士尼樂園，去之前會先來找我。

我說既然如此，我請她吃晚飯，傳了高圓寺車站附近的家庭餐廳地圖過去，妹妹卻在約好的兩小時前直接找上我家。她說她早到了，把孩子丟在餐廳等，幫我收拾髒亂的住處，嘴裡又開始嘮叨：要常常打掃、垃圾要拿出去丟。妹妹小時候個性懦弱，總是跟在我屁股後面跑，而我一直是她的驕傲，炫耀哥哥就是她最大的人生意義。對這樣的妹妹來說，現在的我就像個廢人，讓她覺得窩囊極了吧。

去到家庭餐廳，這回被等得不耐煩的外甥外甥女埋怨：你們在幹什麼啦？怎麼這麼久？我們想回去了。這家店的網路評分只有兩顆星耶……諸如此類。

全怪我太沒出息了。兩個屁孩實在太吵了，周圍的客人不時朝這裡瞄過來，每次都讓我想要找個洞鑽進去。周圍的人一定把我當成他們的父親，認為我們是一般的父子，這漸漸令我如坐針氈，湧出想要快點離開的衝動，這時妹妹想起來似的，從皮包取出了同學會通知。而且看看日期，居然是明天晚上。地點在仙台站前的飯店。

噢，仲多賀井中的同學會啊，好懷念。我在妹妹面前這樣說，內心卻不由自主地波瀾大起。

妳呢？妳會來嗎？

一想到這裡，我滿腦子全被妳占據了。外甥外甥女的抱怨還有他們期待的迪士尼樂園設施那些，全都左耳進右耳出，連和妹妹說了什麼道別都記憶模糊。我真是個差勁透頂的哥哥、差勁透頂的舅舅，是個沒路用的中年男子。與毫不知情的他們在車站驗票口前揮手道別後，我踏上歸途，為了到底該不該參加這場同學會而苦惱不已。不去是很簡單。因為妳不可能會去。但萬一妳去了的話、如果妳在那裡的話——這麼一想，內心深處便躁動起來。都已經過了二十四年了。一切都是遙遠的往事了。彼此老早就過了作夢的年紀，時至今日，當時的一切也都成了懷念的回憶。也不是要說「我還愛著妳」這些，心傷也老早就痊癒了。但遺憾的是，妳對我施下的魔法尚未解除。如果見到妳，妳能為我解除魔法嗎？妳什麼事都不用做。我只覺得，睽違二十四年見到妳，或許就能讓自己畫下一個句點。去見妳，吹熄直到現在仍持續悶燒的夢想之火吧。

放棄當小說家吧。

我這樣告訴自己，忽然有種豁然開朗之感。我覺得這樣就能做出了結了。如果妳出席了，我就放棄當小說家。那如果妳沒出席，我就繼續寫小說嗎？不，如果妳沒出席，我就親自去找妳，只要見上妳一面，就放棄當小說家。我這麼告訴自己。

八月五日星期天，從東京車站搭乘下午兩點二十分發車的新幹線隼鳥二十五號，三點五十二分就抵達了。短短一小時半就到仙台站了。中間有了一些餘暇，我在站前的商務旅館辦好入住手續，時隔多年地在青葉大道和一番町一帶閒晃。我拜訪高中時期常去的咖啡廳，但那家店已經不見了。附近有一家風格現代的咖啡館，我在那裡打發時間。

快五點的時候，我離開咖啡館，前往同學會舉辦地點的青葉大道上的中央飯店。對於高中畢業後就離開此地的我來說，站前琳琅滿目的飯店都與我毫無淵源。我懷著進入陌生地方都市飯店的心情穿過大廳，走向目的地的二樓宴會廳。簽到處坐著一對中年男女。我正要報上姓名，兩人叫我「等一下，先不要說，我們來猜猜看」，對著我的臉端詳了片刻，一下子就猜中了。兩人接著問我認得他們嗎？我仔細打量，卻想不起來，正自發窘，但記憶漸漸恢復，那兩張臉確實有印象。不過雖然想起以前的長相，卻想不出名字，結果還是無法說出正確答案，請他們報出名字。一個是三班的田邊滿，另一個是四班的小川浩二。小川浩二自己也說他比起國中時期胖了四十公斤，但笑的時候露出來的一口亂牙和眼睛確實完全沒變。田邊滿的妝很濃，很難和以前的模樣重疊在一起。

進入會場後，已經到場的老同學陸續向我打招呼。每個人模樣都變了許多，我一時認不出誰是誰。但仔細端詳每一張臉，大腦便漸漸熟悉起來，認出誰是誰了。而一旦認出是誰，很神祕地，看起來就完全是那個人，不管是頭禿了、發福了，還是濃妝豔抹，都會逐漸與學生時期的相貌重疊在一起。如此一來，眼前的人就好像瞬間變回了國中生模樣。你一點都沒變嘛，如果穿上國中制服，是不是跟以前差不多？眾人誇張地互虧，卻也覺得或許真是如此。

「噢！乙坂！好久不見！還記得我嗎？」

我一下子就認出他來。他是足球隊隊長，八重樫啟司。讀國中的時候，可能是我最要好的朋友。我覺得他好像把我當成死黨，但我似乎沒那麼看重他。那個時候的我目空一切，只是不斷地搜尋妳的身影。這天也是一樣，我把八重樫的敘舊當成耳邊風，一直心神不寧，搜視著妳的身影。

不意間，背後有人喊了「未咲」這個名字，我頓時呼吸停止。我調勻呼吸，若無其事地慢慢回頭，但妳不在那裡。在那裡的是妳的妹妹裕里。她怎麼會在這裡？但她會在場，也不是什麼奇怪的事。我考上大學，一個人啟程離開故鄉那天，到月台來送行的也不是妳，而是裕里。

裕里注意到我，瞬間瞥了我一眼，但周圍的女同學向她攀談，她立刻又轉向那裡了。令人驚訝的是，她周圍的女同學都叫她「未咲」。她們是搞錯了什麼？裕里表情有些尷尬地應和著。現在是什麼狀況？我迫不及待想問個究竟，但其他同學圍著她，感覺難以插口，我正自躊躇，結果主持人長田弘樹站到麥克風前，會場響起一片掌聲。長田弘樹以主播獨特的清亮嗓音進行開場致詞：

「啊，大家好，真的好久不見了。我是三年二班的長田弘樹。在學期間承蒙大家多方關照了。啊，像這樣看到各位懷念的臉孔，總覺得這裡好像變成了仲多賀井中的體育館……」

他會一個人講上十五分鐘嗎？他現在已經是大名人，是同窗之光，即使就這樣講上兩小時，也不會有人抗議吧。在台上的與其說是同窗，更是仙台無人不知無人不曉的好感度第一名的長田主播。長田主播結束他落落長的致詞後，將麥克風交給前校長。校長據說十年前退休，在家安享天年，也許是假牙的關係，說起話來口齒不清，幾乎聽不懂他在說什麼。前副校長帶領眾人乾杯，當時就已經寥寥無幾的頭髮幾乎沒剩幾根，可能生過大病，聲音也失去了過往的嘹亮。教師部分，我們學年六個班級的導師全都到齊了，但每一個都老態龍鍾。

乾杯結束後，隨著掌聲，輕快的音樂響了起來，引起此起彼落的笑聲。似乎是《漫步森林之都仙台》的主題曲。配合音樂，長田主播再次站到麥克風前，突然切換成綜藝腔說了起來：

「好，那麼接下來大家一起炒熱氣氛吧！首先讓我們來訪談各位老同學。第一棒，有請仲多賀井中第六十四代學生會長，遠野！……未──咲──！」

如雷的掌聲響起，聚光燈照出一名女子，是裕里。原本我以為大家是明知道而在開玩笑，沒想到每個人都深信她就是妳，無人懷疑。裕里一臉困惑，在如雷掌聲的簇擁下，走到麥克風前。

「大家好，好久不見了。呃……國中時代對我來說，也留下了許多難忘的回憶，呃……像這樣站在麥克風前說話，應該也是國中畢業以後第一次。今天……請大家好好享受這場相聚。」

我以為裕里會坦承其實她不是妳，沒想到她居然徹底扮演妳，在台上演說。但這實在是太輕率了。她結結巴巴，無法掩飾慌亂的神色。說完之後，她逃離麥克風，混進同學當中，但長田主播沒有放過她。

「欸——？學生會長！我們有好多問題要問妳呢！」

裕里搖手表示拒絕。

「咦？那至少請妳收下我的禮物吧。今天我特地為學生會長準備了禮物呢。請妳務必收下這個！」

長田主播說著，高高地舉起一個小紙袋，催促裕里回到台上。裕里勉為其難地走到長田主播前面，收下袋子。

「來，請看看裡面裝了什麼？」

裕里把手伸進袋中，取出裡面的東西。是白色口罩。瞬間，近似輕微疼痛的情緒在我內心升起。

「還記得嗎？國三的時候，明明不是流感季節，校內卻爆發流感大流行，大家都說傳染源是妳。而妳就像要證實這個傳聞，連續好幾個月都戴著口罩上學。妳還記得這件事嗎？」

裕里猛搖頭。

「妳知道男生裡面有一些糟糕的傢伙成天在妳周圍晃來晃去，就是爭先恐後想要從學生會長那裡傳染到流感病毒嗎？」

裕里再次用力搖頭。

「有這樣的祕辛呢，學生會長。我想請妳在男生面前，戴上這充滿回憶的口罩，可以嗎？各位，你們說呢？」

會場被掌聲與喝采所籠罩，長田主播接著說：

「對了，這口罩並不是當時的口罩，而是我剛才在站前藥局買的新口罩，請各位諒解。那麼，學生會長，請戴上！」

裕里順著催促，戴上了口罩。瞬間，裕里望向我。我的視線從剛才就一直盯著裕里，因此必然地四目相接了。當時裕里內心在想什麼？至少在我心中，浮現出只有妳、裕里和我才知道的回憶場面。也許裕里也想起了相同的一幕。正當我的注意力轉移至這短暫的追憶，長田主播忽然把矛頭指向了我：

「那麼，接下來是這位男士！一轉學進來就榮登足球隊正式球員，打進全國大賽的大功臣，女生之間的超級男神，乙坂鏡史郎！」

耀眼的聚光燈轉向我，眾人的視線隨著掌聲集中到我身上來。我無可奈何，走到麥克風前，聽見各種奚落聲：「國中的活躍跟現在無關了吧？」「有些人就算以前很出鋒頭，現在也混得不怎麼樣啊」，老實說，我心都涼了半截。

我來到麥克風前，正準備致詞，沒想到一旁的長田弘樹以流暢的語氣插口說了起來：

「在二年級秋天轉學進來的乙坂鏡史郎，是神祕的轉學生，還是風之又三郎[4]？一轉進來就被足球隊交付中鋒重任，帶領隊伍在中學體育大會奪得冠軍，貢獻了二進球一助攻。全國大賽中，雖然遺憾地在ＰＫ戰落

4 風之又三郎是宮澤賢治的童話作品《風之又三郎》（風の又三郎）的角色，是在一個風大的日子轉學到小學的神祕少年。

敗而在第一輪遭到淘汰，但幾乎所有的得分畫面都有他的影子，如果沒有他，就沒有那疾風迅雷般的快攻，而沒有他，也就沒有今天的我。看到他在場上的表現，年少時日的長田弘樹私底下想：我想要實況轉播這樣的比賽！這就是我的夢想的起點，完全就是我的原點。」

長田對我比了個勝利手勢。我也回以相同手勢，但一想到他比手勢的對象不是現在的我，而是在國中縣大會決賽中貢獻二進球、一助攻的耀眼的我，總覺得彆扭。我想要匆匆致個詞離去，但長田弘樹的單口秀還沒結束。附帶一提，我轉學進來，不是二年級的秋天，而是三年級的五月。

「那一年的黃金週[5]，連兒童節的鯉魚旗都在雨中攤盪，而尚未從這樣的噩夢假期徹底收心的五月十二日，是個萬里無雲的大好晴天。我們仲多賀井中足球隊以史無前例的黃金陣容迎接這場縣大會決賽。面對在三場大會連續奪冠的衛冕冠軍、由身高一八〇公分的前鋒辛島正明領軍的大森中學，我校的陣容是守護神守門員吉田克晴、鐵壁的防守森本和樹、林文也、大中健人，中場有細井幸太郎、宮原秀和、緒方肇，以及隊長八重樫啟司……」

這段演說令全場沸騰。做為主播獲得成功的他，就彷彿在實況轉播自己的原初體驗似的。

「……翼鋒則是森田博、楠田由紀夫，以及無敵的前鋒，乙坂鏡史郎！」

會場被震耳欲聾的歡呼所包圍。長田弘樹像這樣重現當時比賽的好意令人感激涕零，但我是在兒童節鯉魚旗在雨中擺盪的黃金週結束後才轉學進來的，五月十二日是不是大好晴天，我不復記憶，但縣大會是在即將進入七月暑假之前舉行的。對於這番細節漏洞百出的轉播，前隊長八重樫也難掩苦笑。這就姑且不計較了，但把場子炒得這麼熱，接下來我到底還能說什麼？年輕時日的光榮贏家，經歷三十年歲月的摧折，如今已成了個

5 日本的黃金週是四月底至五月初多個節日組成的連假，日本的兒童節是五月五日，會升起鯉魚旗慶祝。

暗淡無光、畏首畏尾的中年男子。長田弘樹的演出，殘酷地照亮了這樣的我。我在麥克風前開口，聲音卻嚴重沙啞，忍不住嗆咳起來。

「咳咳，啊，不好意思，大家好，好久不見，我是乙坂。足球已經完全是往日榮華了。國中畢業以後，我就再也沒有踢過足球……怎麼說，現在我頂多只會看看世足賽而已。真是太懷念了！呃，我來唱首歌好嗎？」

我突然唱起仲多賀井中的校歌。我自暴自棄了。我甚至對長田心存恨意。反正等一下一定會大家一起合唱校歌，我就是知道這一點，才故意先唱。這算哪門子報復？是對誰的報復？對長田嗎？還是對我自己？難道是對在場的同窗們？不管怎麼樣，又有誰會注意到這場報復？簡而言之，就是我自暴自棄了而已。我走音的校歌，引來會場失笑連連。

「他怎麼會唱什麼校歌啦？他到底是什麼代表啊？」「那傢伙才沒有說的那麼受歡迎呢。」調侃般的竊竊私語又傳入耳中，朝聲音望去，是島田伊代和鈴木宇乃在說話。是三年二班的同窗。從國中的時候，她們兩個就像雙胞胎一樣，嘴賤刻薄，現在也完全沒變。兩人的聲音都很高，一清二楚地傳得老遠，這也教人惱火。在這些聲音當中，我聽到懷念的吆喝：

「阿乙！」

是八重樫。他把從牆壁掉到地上的裝飾氣球朝我踢來。八重樫從右側踢來的傳球，是以前足球賽的必勝模式。

「阿乙」也是只有隊友才會叫的綽號。八重樫踢起的氣球緩慢地畫出弧線朝我飛來。我一邊唱校歌，一邊用腳尖在空中截住氣球。眾人「噢」地驚呼拍手。接著我一邊挑球，一邊把校歌唱到第三段。最後我眼眶泛淚，引來最前排的女同學動容，但我之所以泛淚，完全是無地自容的淚水。這種時候，人是會莫名奇妙地流淚的。

接著長田弘樹又把幾個人叫到麥克風前，以他精彩的旁白生動有趣地介紹，讓他們成為全場焦點。就像島田伊代和鈴木宇乃說的，事到如今再搬出過往的榮光，旁人也不知該作何反應，最窘的還是本人。我甚至揣測起難道長田弘樹是在藉機為過去報仇嗎？或許雖不中矣不遠矣。事實上感覺最為痛快地享受這場活動的，不是別人，就是長田弘樹。沒錯。這是一場拿同窗助興的他的個人秀。

但同窗們就像觀眾一樣享受著這些，也許雙方的利害關係大致相符。一班的前導師氏家登場後，會場的氣氛為之一變。他獨特的慢拍子說話方式一如既往，彷彿重現了往昔的歷史課課堂。

「這一帶也嚴重人口過疏了。約五年前，我們仲多賀井中學和隔壁的多賀井中學合併了。校舍也變得頗為老舊，很快就要拆除了，因此我趁著它還在的時候，去拍了一些照片。我來介紹一下，請各位看看。」

氏家老師操作自己帶來的老舊幻燈片投影機，一張張投放出來。每當傳統機械發出「咔嚓、咔嚓」聲響、投影片依序變換，場上便靜靜地響起驚嘆。

「少了學生的學校，實在寂寞得很。」

沒有課桌椅、牆壁剝落的教室。雜草叢生的操場。看到宛如廢墟的母校末路，比起懷念，每個人都更有近似空虛的感受吧。

「為了讓今天的活動增色些，我翻遍壁櫃和儲藏室，找到錄到各位這一屆畢業典禮的錄音帶，我們就一邊看幻燈片，一邊聽聽那時候的聲音吧。」

氏家老師以笨拙的動作按下老錄放音機的播放鍵。

我倒抽了一口氣。因為從音箱裡傳出的，竟是妳十五歲時的聲音。

妳代表畢業生致答詞。在場應該沒有任何人知道，但那份答詞是妳我共同完成的。三月某個星期六的放學後，在妳的央求下，我們在三年一班的教室絞盡腦汁。妳朗讀完成後的講稿，開心地笑著說：

你可以當小說家唷。

我就是被少女的這句話所蠱惑，才會到現在依然在寫小說。世上有這麼傻的人嗎？像這樣重新聽到妳的聲音，我甚至錯覺一直以來珍惜的記憶又再次刷新，變得模糊的影像逐漸鮮明起來。不，這不是錯覺，是腦中實際發生的現象。實際上，那些記憶在我的腦中栩栩如生地重新浮現。光是這樣，就幾乎令我承受不住。我一口氣喝光剩下一半的香檳，試圖讓自己鎮定下來，卻無法平息悸動。不久後，我想起了一件事。

可以當小說家唷。

雖然這句話有魔力，但妳當時的笑容，也旗鼓相當地令我喜上雲霄。妳讀到我寫的文字，心滿意足地開心微笑，帶給我無法取代的喜悅。我就是耽溺於此，才會選擇這條路。

我聽著妳的聲音，沿著牆壁慢慢後退，聽到妳最後一句話的瞬間，我打開門，溜出會場，就這樣走出飯店。淚水在潰堤邊緣。如果繼續待在那裡，我一定會在同窗面前醜態畢露。凌駕嗚咽的號泣、慟哭。近似爛醉嘔吐的咆哮。

我走在青葉大道上，強忍淚水。然後告訴自己：好了，你不是見到遠野未咲了嗎？魔法解除了，你已經不是小說家了。但這對我來說實在太難接受，我咬緊牙關，幾乎快把臼齒給咬碎。不知不覺間喝過量的香檳也起了作用，注意到的時候，我整個人跌坐在地。即使引來路人側目，也滿不在乎。我回想起喝到爛醉倒在地上，妳把我扶起來的大學時代的那個夜晚。教育實習結束後，連傘也不撐，一起在雨中走回妳租的公寓的那個夜晚。

思路一連上那裡，我再也無法自已。淚水橫溢而出。若非在大馬路另一頭看見意外的人，或許我已經肆無忌憚地當場痛哭。

那個意外的人是裕里。她也離開了同學會會場，疾步前行。當下我懷疑：難道她是追著我出來的？

我出發去橫濱讀大學的那天，是裕里到車站來送我。她送給我的餞別禮《草枕》[6]，至今仍是我的寶物。與其說是因為那是她送給我的禮物，倒不如說是因為最後一頁寫了她家的住址。她家的住址，也就是妳家的住址。就裕里來說，那肯定是希望我寫信給她的暗示，但我終究沒有寄給她

6 日本文豪夏目漱石（一八六七—一九一六）的小說作品。

隻字片語。

我愛慕著妳，而妳的妹妹愛慕著我。都是以前的事了。

發現一個人溜出同學會，踏上歸途的裕里，就以為她是來找我的，這或許有點太自戀了。我懷著這樣的想法，反過來尾隨她。裕里走到下一個十字路口，東張西望，像在找人。她果然是在找我嗎？但她似乎沒有發現要找的人，死了心，改變路線，走到再過去的公車站排隊。她應該是打算回家吧。我悄悄走近，從後方出聲：

「裕里。」

裕里回頭，也許是太意外了，嘴巴張開，露出看似開心又似困窘的微妙表情。

「好久不見。我看到妳回去，所以追上來了。」

「啊，我也看到學……看到你回去，想說起碼跟你打聲招呼。」

從裕里口中瞬間發出又收了回去的「學」。一定是不小心差點要叫「學長」，又急忙改口。

「咦，所以妳在找我嗎？」
我裝作沒發現，並佯裝沒注意到裕里假冒妳的事，繼續聊下去。
「也不是刻意，因為我也想回去了。」
「這樣啊，我們真是有志一同。」
「是啊。」
「被那樣介紹，總覺得有點尷尬。我一直如坐針氈。」
「我也是。什麼學生會長，都是過去的風光了。」
裕里仍然徹底扮演妳。老實說，我本來以為她會對我坦白。我期待她會從實招來：喔，其實我姊突然不能來，所以我替她出席，因為我實在很想見你一面。但她仍然在撒謊。這狀況實在很離奇。愈來愈有意思了。
「其實我姊……」就算她因為我追問而招認，我也見不到妳，頂多只能請她替我問聲好，就此道別。
裕里應該是趁姊姊不參加，而冒充姊姊出席同學會，理由是要見我。
這是我當時一廂情願的推理。我靈機一動，繼續奉陪裕里的謊言。

「啊，可是真的好懷念啊。欸，我想再跟妳多聊聊，我們去別的地方繼續喝好嗎？」

「咦？可是我得回去了……」

「這樣啊……說的也是。那，可以留個聯絡方式嗎？」

「你有臉書嗎？」

「啊，我不玩那些耶。妳有電子信箱嗎？」

「啊，有。」

「告訴我吧。有沒有紙筆？」

「啊，有。啊，還是直接輸入好了？啊，我把手機號碼也留給你。」

裕里在我的手機輸入自己的手機號碼。瞬間，她的表情似乎有些猶疑，我看了一下螢幕，看見姓氏「遠野」二字。短暫躊躇之後，裕里輸入的不是「裕里」，而是「未咲」二字。

她究竟是在玩什麼把戲？

我想起了《天才雷普利》。主角雷普利殺害富裕的朋友迪基，假冒他的身分，享受了短暫的優雅生活，但裕里的目的是什麼？

不光是今天，她已經冒充妳很久了嗎？作家的妄想不由自主地膨脹起來。

裕里用我的手機打到自己的手機，按下拒接掛了電話。這樣她就得到我的手機號碼了。任務達成。手機回到我的手中，裕里看起來有些滿足。

我按捺不住，試探了一下：

「妳還記得我嗎？」

「咦？當然記得啊。」

「妳記得我哪些事？」

「哪些事？這……呃……你是轉學生……是足球隊的……」

在裕里看來，國中時代，她與我的關係應該比妳還要親近。裕里是足球隊的經理，而妳是學生會長。從裕里的角度看，我和她的姊姊沒有任何關聯，但她與我卻密切相關，如此一來，若要扮演姊姊未咲，她必須擺出對我幾乎一無所知的姿態，也就是說，即使她對我知之甚詳，也必須裝作形同陌路。走錯一步就會露餡。裕里要如何避開這樣的危險？要攻陷這樣的裕里，易如反掌。因為我和妳之間的種種，遠遠超乎裕里所想像。

「還有呢？妳還記得我什麼？」

「唔……不太記得了耶。」

「真的嗎？」

「都幾十年前的事了。好了，我把我的電子信箱傳給你了。」

我聞言看向自己的手機，收到她的訊息了。打開來一看，上面寫著這樣的內容：

「好久不見！可以互傳郵件，時代真是變了！這是我的電子信箱！」

居然能一邊聊天同時打字，我驚奇不已。看看電子信箱，帳戶名稱是mamasan19740224@。數字是生日嗎？mamasan是「媽媽」嗎？什麼意思？

我提出疑問：

「妳當媽了嗎？」

「咦？啊，是啊。」

「幾個？」

「兩個。」

這時裕里也撒了謊，但我未能識破。因為我並不知道妳和裕里有幾個孩子。

「你呢？你在做什麼？」

這回換裕里問我。

「我嗎……我在寫小說。」

「寫小說？」

裕里瞪圓了眼睛。這反應很坦率。上鉤了。至少我一直立志當小說家這件事，是妳知道的，但裕里不知情。

我從口袋掏出名片，遞給裕里。名片上印著『小說家　乙坂鏡史郎』，還有我的住址電話及電子信箱。

「小說家！好厲害！」

「還好啦。」

公車來了。

「你寫哪一類的作品？」

聽到這個問題，我猶豫著該如何回答。這部分說來話長，不是可以站在路邊簡短交代的。公車門開了。我毅然決然問：

「妳讀了小說嗎？」

「小說？什麼小說？」

「嗯……下次再說吧。」

「啊，那傳訊息給我！」

車門即將關上，裕里跳上公車。我向她揮手，她從車窗裡微微頷首，但隨即傲兀地撇開臉去，這態度或許是學妳的。

不管怎麼樣，這天晚上可說是滿載而歸。我得到裕里的電子信箱了。如此一來，隨時都可以問出妳的近況。在這之前，有必要刺探出裕里為什麼要冒充妳。我想想，該如何攻略才好？

我傳訊息到剛才收到的電子信箱：

「時隔多年又能再見到妳，太好了。這趟同學會真是不虛此行。」

立刻收到回覆了：

「我也是！^o^」

我開心起來，有些得意忘形：

「如果我說我仍對妳一往情深，妳相信嗎？」

又立刻收到回覆了。

「不要戲弄大嬸！」

看來她無論如何都不肯揭露身分就是了。

我回到站前的商務旅館，在酒吧喝了一杯，又傳訊息過去：

「對我來說，妳是永遠的想望。」

我等待裕里的回信。因為在意，一次又一次查看手機，遺憾的是，這天晚上沒有任何回音。後來也就此音訊杳然。

第三章 † 書信

隔天早上一醒來，我立刻檢查手機。我以為裕里會有什麼回覆，然而沒有來自她的訊息，只有妹妹詢問我在哪裡，我告訴她下榻的旅館名稱。

在櫃台辦完退房手續，妹妹紅子開車來接我。

「咦？妳們不是去迪士尼樂園嗎？」

「昨天去過了。」

「前天見面，今天又見面，真難得。」

「我可不能讓你不回老家看看就落跑。」

妹妹強制把我載回老家。許久不見，父母都垂垂老矣了，也不像以前那樣對我嘮叨這嘮叨那的。對於我，他們都已經看開了吧。大夥說難得團聚，一起去泡個溫泉好了，訂了秋保的飯店。我很久沒有和父親一起泡溫泉了，這是我第一次替父親刷背。父親以前從事中古車買賣，退休後已經過了二十年，是最後一批在二戰度過青春時期的世代。仔細想想，我從來沒有聽他提起過當時的事，便乘此機會問問。

「爸，你還記得戰爭那時候的事嗎？」

「嗯，一清二楚。」

「那個時候是怎麼樣？」

「嗯……怎樣喔……畢竟發生過太多事了。空襲的時候我疏散到吉岡，晚上整個天空都變成了鮮紅色。大人應該很害怕，但那時候我還小，只覺得很漂亮。那場大火中死了好多人吶，我卻居然覺得漂亮，這讓我到現在都很愧疚。附近的廣場有士兵聚集，那是在做什麼呢？我看到他們在射擊自動步槍，是在練習嗎？還是要射給小孩子看？唉，就是那樣一個年代。自動步槍的聲音很可怕，簡直會把人嚇破膽，整個地面都在震動。我一直相信總有一天自己也要去打仗，要為國犧牲，所以以為自己才不怕什麼槍，可是看到真槍射擊，還是嚇死了。我覺得我實在不可能拿那種玩意兒對著人開槍，可是軍人就是要上戰場殺敵的，敵人也會朝自己開槍，唉，真的是活地獄。當時雖然有什麼治安維持法，但戰爭就是最敗壞治安的亂源。因為戰爭讓人可以合法殺人。」

我還想再多聽一些，但繼續讓父親說下去，我們兩個可能都會暈倒在浴池裡，因此父親說到戰爭快結束的時候，我們就離開了浴場。回到房間一看，餐點已經準備好了。父母、妹妹和我四個人圍著餐桌，享受懷石料理。妹妹那兩個調皮的孩子留在家看家，我們親子兩代一起用餐，享受久違的天倫之樂。

母親似乎是長田弘樹的粉絲，每星期都會看《漫步森林之都仙台》，一直問我同學會的情況，但這種時候的我非常笨口拙舌，無法好好地說明。我這人就是不會說些千篇一律的見聞分享。

「主播為什麼可以說話說得那麼溜呢？如果經過訓練，我們也有辦法像那樣滔滔不絕嗎？」

如果是作家聚會，光是這種無聊的哏，就可以熱絡地討論個老半天，但對於這種話題，父親和母親都只是一臉索然。

「因為有練習吧。」父親說。

「他們都有練習的。」母親說。

兩人正經八百地回答，這個話題就此告終。

冷不防，父親問：「你的小說寫得怎麼樣了？」我說：「其實我在考慮放棄小說。」搞得席面一片死寂。注意到的時候，妹妹竟紅了眼眶。過去不管家人如何苦勸，都堅持逐夢打死不退的長男，卻在這時候突然宣布放棄，似乎造成了不小的衝擊。終究都要放棄的話，何必當初？你本來應該還有更不一樣的人生的——他們一定都這麼想。妹妹的淚水，一定也是在為了我虛擲的人生感到懊悔。

席上寂靜無聲，宛如守靈。但長男還活著，繼續伸筷夾菜。如果認真找工作、結婚生子、建立起所謂幸福的家庭，回報父母養育之恩才算正道，那麼偏離正道，一直以來活得漫無計畫的愚蠢長男，往後的人生，將會是如何地丟人現眼？我感到無地自容，放下碗筷，逃進露天浴池。在夜風吹拂下，老實說我整個人沒轍了。

泡完湯，坐在按摩椅上任由機器搓揉肩膀，查看手機，但依然沒有裕里的回覆。

裕里不回信，就無法打聽妳的近況。想讓妳解除魔法的野心就快脆弱地煙消雲散了。既然如此，乾脆直接去找妳？這個想法忽地掠過腦際，但我實在提不起勇氣。這樣的落幕實在虎頭蛇尾，但人生或許就是如此。

別說裕里了，連白鴿組的辦公室、其他任何地方都沒有訊息，總覺得自己是個無用之物，我幾乎就要灰心喪志起來。

回到房間，父母和妹妹在看電視。我不假思索地說：

「東京那邊臨時有工作，明天一早就得出門，我先回去了。」

「咦？現在就走嗎？」母親驚訝反問。

「嗯。」

「已經沒公車了。」

我沒考慮到這麼多。我只是自暴自棄。

「叫計程車吧。」父親說。

「坐計程車到車站？要多少錢啊？」

妹妹說，父親應道：

「五、六千圓吧。」

妹妹打電話到櫃台叫車，我離開了溫泉街，搭上最後一班新幹線回到東京。

我毫無理由地中斷難得的一家團聚，趕回東京。啊，為什麼我就是會主動摧毀一切？但既然我都能做出今晚這樣的事情，放長眼光來看，就算虛擲人生，肯定也不痛不癢吧。想到這裡，我心痛難當，深切地同情有這種兒子和哥哥的父母和妹妹，在乘客稀疏的自由座角落，雙手摀著臉，幾乎要痛哭失聲。我甚至想：啊，如果能夠，真想就這樣死掉算了。

深夜時分，我抵達高圓寺的公寓。筋疲力盡，一躺到床上，連衣服也沒脫，就這樣一路睡到早上。

醒來後，我渾身虛軟。漠然地回顧這幾天的事，以及過去的種種，每當思及「啊，我已經不是小說家了」，痛苦的嘆息便油然而生。我戀戀不捨地查看手機，尋找裕里的訊息，但依舊什麼都沒有。啊，我終於再也不是小說家了——痛苦的嘆息再次流瀉而出。我戀戀不捨，再傳了一次訊息給裕里。不，這是給妳的訊息。

「我依然愛著妳。」

後來我不知不覺又昏昏睡去，醒來時，已經過了中午。這樣下去，很可能一路睡到晚上，在該睡覺的時間睡不著也很麻煩，便鞭策自己走出家門。我走到東中野的辦公室，打掃鴿舍，傍晚又回到高圓寺的公寓。

這天晚上裕里依舊沒有傳訊息給我，隔天我用車子載了兩個鴿籠，在兩場活動放飛鴿子，回到家，打開偶爾才會查看的信箱，發現垃圾廣告單上躺著一封手寫信。寄件人處是空白的。

是誰寄來的？

像這樣勾起收件人的好奇心，拆開來一看，結果還是廣告單。最近也有這樣的手法。做廣告的使盡千方百計，就只為了讓收到的人拆閱廣告。我走到信箱旁邊的垃圾桶，將一整疊垃圾傳單逐一拋入，一邊拆信，一邊想著如果這也是廣告，就一樣直接拿去餵垃圾桶。信箋開頭是「乙坂鏡史郎先生：」。直接跳到信尾，是「未咲筆」。我倒抽了一口氣。

我喜上雲霄，拿著這封信衝上階梯，打開住處門鎖。熟悉的房門就像天堂之門般燦爛生輝。夕陽把整個房間照耀得神聖無比。我捨不得當場讀完，先換上居家服，洗了手，喝了杯冷水解除口渴後，再鄭重其事地面對它。白色信箋淡淡地印刷著粉桃色花朵。

我拿著信箋，躺在床上，就這樣睡著了。

乙坂鏡史郎先生：

我並不是想要抗議，但一切都是你害的。都是你突然傳那種訊息過來，顯示在鎖定畫面，被外子看見了，結果外子誤會了你和我的關係。

不是妳的來信。是妳妹妹寫的。她還在冒充妳。妳妹妹到底在想什麼？儘管傻眼，我卻好奇心大作。我繼續讀下去。

外子盛怒之下，摔壞了我的手機。我現在已經不能用手機了。手機裡的資料、朋友的聯絡方式，全都泡湯了。外子一旦發飆，連自己都無法控制，教人頭痛。而且他還是網路安全工程師，不曉得會被他動什麼手腳。或許他已經查出你住在哪裡，正在駭入你的電腦。

後來你又傳了什麼訊息過來嗎？如果有的話，很抱歉，我沒辦法讀到。我寫這封信，只是想要告訴你這件事。很抱歉寫了這樣一封單方面的信。請不用回信。這封信我不會留下住址，還請見諒。

對了，昨天真是好久不見了。你說你是小說家，在寫哪一類小說？不是有很多種嗎？純文學？推理小說？還是奇幻小說？如果有機會見面，請再告訴我吧。

草草寫就，還請見諒。請保重。再見。

遠野未咲筆

從信件內容來看，我似乎引發了一場夫妻爭吵。信上說，我的訊息害她的手機被摔壞了。真是令人內疚。但她連住址都沒寫，我無從道歉，也無法追問詳情，更不可能追溯到妳，無法打聽妳的近況。早知道那天在公車站就該直接問出妳的消息的。即使為此後悔，也都是馬後炮了。裕里冒充妳的理由依舊成謎，沒想到隔天我又收到了一封信。

乙坂鏡史郎先生：

今早那個話題又死灰復燃，我們夫妻再次爆發爭吵，把我搞得焦頭爛額。我只是想告知一聲發生了這些事。我不會再寫信給你了。祝你事業順利。

我傳的訊息似乎引發了慘劇，但只看信件內容，實在含糊不清。

遠野未咲筆

幾天之後，又收到了一封信。

乙坂鏡史郎先生：

我們家來了兩隻巨型大狗，外子叫我負責照顧。他一定是在懲罰我。我無意責怪你，但覺得還是得讓你知道一下。很抱歉，我不會再寫信了。這封信也請你置之不理吧。

遠野未咲筆

再過了幾天，又收到一封信。

乙坂鏡史郎先生：

婆婆要暫時住在我家。這一定也是外子在懲罰我。

我無意責怪你，但倘若你能多少分擔一些痛苦，我會感到很欣慰。少了手機，對我是莫大的折磨。我無法傳訊息給任何人，無法抒發壓力，幾乎快爆炸了。沒有手機的時代，人們都是如何排遣這些壓力的？謝謝你陪奉主婦的埋怨紓壓。讀完後請丟掉吧。我不會再寫信打擾了。

遠野未咲筆

看來因為我的關係，害得裕里的家庭日漸崩壞了，我感到抱歉極了，卻無從聯絡。即使有辦法聯絡，她都叫我不要這麼做了，而且甚至不願意留下住址，如果我主動聯絡，有可能火上加油。我只能每天查看信箱，等待裕里的下一封信。沒想到居然會有滿心期待收到裕里來信的一天，真是諷刺。

來自裕里的單向非交流式書信傳遞，就這樣開始了。

第四章 † 裕里

到了同學會會場，在簽到處打聲招呼，通知姊姊的死訊後就離開，裕里原先的預定就只有這樣而已。裕里如此聲稱，但如果只是這樣而已，她怎麼會精心梳化、盛裝打扮地到場？是因為每個人都會正式打扮，所以自己也不好意思以平常的服裝出現嗎？但如果只是要通知訃聞，直接打通電話告知幹事就結了。不過追究這一點也沒有意義。她是否懷著想要見我一面的期待，毋寧是我不太願意深思的問題。

總而言之，結果裕里會被誤認為妳，來龍去派是這樣的：

裕里前往飯店會場，簽到處坐著一對男女。裕里說是兩個不認識的學長姊，不過若要補充，應該是田邊滿和小川浩二。裕里正要報上身分，他們卻連忙制止，就像我那時候那樣，試著猜出裕里是誰。而他們說出來的名字，不是別人，就是妳。

「遠野未咲！對不對？猜對了嗎？」

這對裕里來說，完全是出乎意料的發展。

「好懷念！欸欸欸，猜猜我是誰？」

田邊連珠炮地又問。裕里完全一頭霧水。小川也叫她猜他，但裕里對他毫無印象。他們是大她一屆的學長姊，應該在同一處校舍一起過了兩年，然而撈遍記憶的每一個角落，都毫無所獲。比起對方是誰，裕里更為該如何解開誤會而焦急，但田邊拉著她參觀會場，到處向人宣傳「學生會長來了！」同窗們逐漸靠攏過來，七嘴八舌地說著「好久不見」，要求握手、擁抱，搞得裕里無法說出真相了。而且她在會場發現乙坂學長（我），還與我打了照面。儘管時隔幾十年再會，裕里卻心中小鹿亂撞，不知所措。她覺得能見上學長一面，來這趟也算值得了。裕里承認這一點。偶然遇到學長，怦然心動，還在允許範圍內，但主動精心打扮去找學長，就太逾矩了——在她的心中，或許有著這樣的不成文標準。

總而言之，就在這樣的混亂當中，同學會開始，長田主播配合《漫步森林之都仙台》的主題曲，以綜藝主持人口吻點名遠野未咲上台，裕里被如雷的掌聲包圍，人潮從連接麥克風台與她的一八〇度想像線上退開，讓出了一條舞台通道。這個時候，她應該要說：「不，我不是未咲，我是她妹妹裕里，其實我姊姊上個月過世了。」然而看到眾人熱切的視線與笑容，她實在沒有勇氣宣布這個衝擊十足的消息。她心想乾脆就扮演姊姊到底，隨便說幾句話，趁著還未曝光之前，早點開溜。

「大家好，好久不見了。呃……國中時代對我來說，也留下了許多難忘的回憶，呃……像這樣站在麥克風前說話，應該也是國中畢業以後第一次。今天……請大家好好享受這場相聚。」

連致個詞都結結巴巴，根本扮演不了姊姊。裕里逃離麥克風，又被與未咲要好的女生包圍，儘管聽到「妳怎麼了？」「太緊張了嗎？」「一點都不像妳」這些不知是擔心還是揶揄的話，但她緊張到聽不進去，全身抖個不停，就算置身在冷氣過強的會場中，額頭和掌心卻不停地冒汗，最後因為貧血或過度換氣幾乎昏倒，向服務生要了水，逃到人少的會場角落，好不容易才剛喘了一口氣，又再次被長田主播點名。

「欸？學生會長！我們有好多問題要問妳呢！」

裕里搖手表示：「我不行了！」

「咦？那至少請妳收下我的禮物吧。今天我特地為學生會長準備了禮物呢。請妳務必收下這個！」

長田主播說著，高舉小紙袋，催促裕里回到台上。裕里逼不得已，接過長田主播的禮物袋，從裡面取出白色口罩。

「那麼，學生會長，請戴上！」

裕里依言戴上口罩。瞬間，她望向了我。我從剛才就緊盯著她不放，因此必然地四目相接。裕里當下情不自禁地回想起來了。回想起那個在學長面前一把扯下姊姊的口罩的傍晚、回想起和學長的種種過去、回想起又酸又甜，同時也是苦澀的青春期記憶。正當她沉浸在短暫的追憶之中，長田主播突然把矛頭指向了她正在想的學長。

長田主播那只顧自己出風頭的實況轉播，令人不忍卒聞。裕里本來就不喜歡長田主播。

「他仙台味太重了，不適合地方電視台的調性。總有些高高在上的感覺。仙台人或多或少都會這樣不是嗎？就好像在自誇仙台人是仙台市民，不是宮城縣民、也不是東北人一樣。雖然我自己一定也有這樣的部分啦，但他過度強調這一點，讓人看了不舒服。」

這是後來我聽裕里本人說的。裕里討厭的長田主播又臭又長的轉播結束，好不容易等到學長對著麥克風致詞，然而學長不知道在想什麼，竟突然唱起校歌來，途中還邊踢足球邊唱，引來同窗鋪天蓋地的嘲笑與奚落。這是裕里不願見到的光景。結果八重樫學長走近裕里說：

「好久不見。」

「啊，你好。」

裕里忍不住行禮。

「妳還記得我嗎？」

「啊，不記得了……」

裕里不可能忘記。八重樫學長是足球隊隊長，而裕里是足球隊經理，但裕里假裝不記得。因為她完全不清楚姊姊和八重樫有多親近。

「我是八重樫啊，一年級的時候跟妳同班。」

「啊，八重樫同學！」

「妳妹妹好嗎？」

「呃，嗯，她很好。」

只要待在這裡，就只能不斷地謊上加謊。如果不離開現場，遲早都會露餡。裕里正這麼想，卻進入氏家老師致詞時間，場子一片肅靜，連開溜的機會都錯過了。出現在螢幕上的校舍照片，對裕里來說也十足震撼。完全就是廢墟。她正沉浸在無以言喻的難過情緒中，忽然聽見了姊姊未咲的聲音。儘管還只是國中生，姊姊卻以嘹亮凜冽的嗓音致答詞，自己剛才的致詞根本望塵莫及。姊姊果然了不起。裕里幾乎快掉下眼淚來。

不經意地往旁邊一瞥，乙坂學長正一步步慢慢後退。裕里覺得緊盯著看會與學長對望，便刻意眼睛盯著螢幕，裝作沒有發現，以眼角餘光偷偷掃著學長。只見學長退到最後面，悄悄打開了門，躡手躡腳地離開會場。

上廁所嗎？不……

裕里覺得不可能。學長有可能在姊姊的聲音重播的時候，聽到一半就離場嗎？她覺得即使別人會這麼做，學長也絕對不可能。因為學長實在太愛慕姊姊了，寫了一封又一封情書給她，要自己當中間人送信。至少他絕對不可能挑這個時間點去廁所。那麼，學長是離開了？

裕里追了上去。她當下心想，至少對學長，她必須坦白。

學長為什麼會回去？他無法承受聽到姊姊的聲音、這令他心如刀割。如果有什麼理由的話，是這些原因嗎？為什麼？難道學長知道姊姊已經死了？種種推測湧上裕里的腦海。

裕里走出飯店，一面尋找學長，一面走向車站。她在一個大路口被紅燈攔下，以目光搜尋前方，卻沒看到學長的人影，就放棄了。剛好旁邊有回家路線的公車站，她排進隊伍，準備打道回府。

結果沒想到，她在找的學長本人向她攀談了。

「好久不見。我看到妳回去，所以追上來了。」

「啊，我也看到學……看到你回去，想說起碼跟你打聲招呼。」

「咦，所以妳在找我嗎？」

「也不是刻意在找，因為我也想回去了。」

「這樣啊。我們真是有志一同。」

連學長都把自己誤認為姊姊，否則他不可能追過來。這些笑容、好意、激動的喘息，全都是獻給姊姊一個人的。

事情演變成這樣，裕里實在難以坦白真相。何況仔細想想，事到如今，她跟學長也沒有什麼好說的。全都是往事了。是以往事而言，太過遙遠的往事，而且兩人之間沒有任何可以站在路邊談笑的回憶。每一個過往插曲，全都是那麼樣地纖細易碎，是伴隨著痛楚的回憶。自己沒有把學長寫給姊姊的情書送達、自己寫了情書給學長、高中時送學長去都市念大學，在夏目漱石的《草枕》最後一頁寫上自己的住址，卻沒有收到半封信，這些種種，全都是不堪回首的痛苦回憶。

就這樣，裕里將手機號碼和電子信箱告訴學長後，上了公車。臨別之際學長說他現在是小說家，但裕里心慌意亂，完全無心細想。在座位坐下，好不容易喘了一口氣，手機震動了。仔細一看，學長傳訊息來了。

「時隔多年又能再見到妳，太好了。這趟同學會真是不虛此行。」

她回覆訊息：

「我也是！^o^」

結果立刻又收到訊息：

「如果我說我仍對妳一往情深，妳相信嗎？」

裕里有些怦然，彷彿自己被告白了似的。但這是寫給姊姊的訊息。儘管感受複雜，她還是以姊姊的身分回覆：

「不要戲弄大嬸！」

送出訊息後她後悔了。姊姊的話，不可能這樣回覆，有點太冒失了。

被抓包了嗎？

回到家以後，裕里把前後經緯告訴丈夫宗二郎，唯獨沒有說出見到我的事。別說宗二郎了，世上沒有哪個丈夫聽到這種事會開心。心虛令裕里變得有些喋喋不休。

「不是都過了三十年了嗎？完全看不出大家國中時候的樣子。每個人都老了，不是頭禿了就是胖了，濃妝豔抹，要不然就是整形，根本看不出誰是誰。」

「那妳姊的事呢？妳告訴他們了嗎？」

「就說我說不出口啊。糊里糊塗被逼著致詞，結果我冒充我姊說了幾句話。」

「妳在搞什麼啊，那妳到底是去幹嘛的？」

「就是說啊，完全是白跑一趟，不要再說了啦。」

「是不是裡面有妳的初戀情人啊？」

裕里的心臟都快停了。

「怎麼可能！你很沒品耶！幹嘛老是妄想那種下流的情節！」

裕里立刻將責任推到丈夫身上，逃離爭辯似的幫手機充電。餐桌角落是裕里的手機的固定位置。接著她前往浴室沖澡。今晚流了不少汗。

同一時刻，我這個學長正坐在商務旅館的酒吧，邊小酌邊傳訊息。宗二郎躺在客廳沙發，看電視喝罐裝啤酒。

「對我來說，妳是永遠的想望。」

這段訊息顯示在裕里的手機鎖定畫面，剛巧被宗二郎瞄到了。裕里雖然沒有目擊到現場，但據她推理，客廳沙發和冰箱距離手機都很遠，一定是宗二郎去拿新的啤酒的時候，好死不死訊息剛好傳來。

不管怎麼樣，總之宗二郎讀到了訊息。

裕里正在沖澡，宗二郎握著手機現身了。

「這是什麼？」

「什麼？」

「這個叫乙坂的是誰？」

「學長啊。」

「什麼叫『妳是我永遠的想望』？」

「他以為我是我姊啦，他從以前就很喜歡我姊。」

「這跟是不是把妳當成妳姊無關！如果以前的女神變成皺巴巴的歐巴桑，他根本不可能傳這種訊息吧！那傢伙就是看到現在的妳，才傳這種下三濫的訊息過來！就是這一點惡劣！是怎樣？妳又是怎麼想？妳說這傢伙喜歡妳姊，可是妳是不是喜歡這傢伙？」

「才不是！」

「妳們是不是約好要再見面？」

「才沒有！」

「所以我才叫妳不要參加什麼同學會！」

「你哪有說！」

宗二郎有點難搞，一旦發火，就會把現實和妄想混淆，一發不可收拾，教人沒轍。然而這回他的妄想卻冷不防戳中了事實，令裕里狼狽不堪。

傳來「下三濫訊息」的，確實就是裕里的初戀情人。

怒形於色的宗二郎突然沉默不語，左右擺頭，一臉無法接受的樣子，關上了浴室的門。裕里有了不祥的預感，但平常的話，風波多半會就此平息。宗二郎每天也都在努力練習控制自己的情緒，裕里認為這次一定也會沒事。

沖完澡後，裕里去臥室準備就寢。宗二郎在客廳看電視。咦，瑛斗在做什麼呢？裕里邊搽化妝水邊想，結果瑛斗過來，說洗衣機怪怪的。裕里奇怪他怎麼沒頭沒腦跑來說這個，瑛斗說洗衣機發出怪聲，很吵。

「洗衣機？我沒在洗衣服啊。」

「可是洗衣機有怪聲。」

怎麼回事？裕里納悶，突然有了不好的預感，前往盥洗室。洗衣機確實正「喀噠喀噠」地發出怪聲。關掉開關打開蓋子一看，滿滿的泡沫，什麼都看不見。裕里按下排水鍵，水位逐漸下降，當水完全排光，終於從泡沫中現身的，是她的手機。按下手機電源鍵，毫無反應。看來她想得太天真了。宗二郎平常是個好人，但一旦發飆，就會做出離譜的事情來。宗二郎自己分析說，他是醫生家庭裡的次男，每天都被拿來與成績優秀的哥哥比較，總是壓抑著自己，應該是這樣的環境造成的後遺症。看來自己踩到他的地雷了。但遇到這種事，裕里的個性也絕不會隱忍。事情演變成這樣，她不把宗二郎狠狠地痛罵一頓，不可能氣消。她當即折回客廳，隔著電視，叉開雙腿，面對躺在沙發上的宗二郎。

「喂，你搞什麼鬼？太誇張了吧！拿東西出氣又能怎樣？有什麼話直接跟我講，弄我的手機做什麼！竟然惡整這個小東西，你有毛病嗎？看看這孩子，太可憐了！居然把它丟進洗衣機，根本是虐待！你還是人嗎！」

裕里把手機說得彷彿可愛的小動物，強調丈夫的心狠手辣。丈夫應該也為自己一怒之下的行為反省過了，只是無精打采地默默任由她數落。被他擺出一副深自反省的馴順態度，罵不還口，實在很不來勁。很快地，宗二郎沒聽完她的話就離開去臥室了。但這樣還不足以讓裕里解恨。夫妻吵架，必須雙方都盡情發洩，才能盡釋前嫌，若是這樣無疾而終，就留下了疙瘩。不管怎麼樣，手機都無法恢復原狀了。裕里嘔極了，這天晚上不肯靠近臥室，躺在沙發上生悶氣睡著了。

這樣的夜晚，讓她無法不怨嘆。自己怎麼會嫁給這種人？說是夫妻，終歸是陌生人。既然都是陌生人，當然想要跟全世界最喜歡的人住在一起。為什麼有些人可以，有些人卻不行呢？這實在太不公平了。裕里思前想後，甚至氣到眼眶泛淚。

隔天早上，宗二郎出門上班後，瑛斗拿了紙杯和線做成的電話給裕里。

「姨丈說賠妳弄壞的手機。」

瑛斗忠實地轉達宗二郎的傳話，但裕里將之解讀為宗二郎無言的訊息：禁止用手機，妳用玩具電話就夠了。宗二郎一定是這個意思。宗二郎在想什麼，她瞭若指掌。我怎麼會跟這種無聊男子結婚？每回吵架，裕里都忍不住要這麼想，但和好之後，又會納悶怎麼會為了那種芝麻小事吵架，這是裕里的常態。這次八成也會是這樣——但她想得有點太簡單了。

裕里在仙台學院大學的圖書館上班。上班時間是週一到週五的早上九點到下午兩點，一天五小時。以前她在其他圖書館任職，婚後一度辭職，等颯香上國中以後，她又找了這份計時工作。

午休時間，裕里寫了第一封信給學長。

乙坂鏡史郎先生：

我並不是想要抗議，但一切都是你害的。都是你突然傳那種訊息過來，顯示在鎖定畫面，被外子看見了，結果外子誤會了你和我的關係。

外子盛怒之下，摔壞了我的手機。我現在已經不能用手機了。手機裡的資料、朋友的聯絡方式，全都泡湯了。外子一旦發飆，連自己都無法控制，教人頭痛。而且他還是網路安全工程師，不曉得會被他動什麼手腳。或許他已經查出你住在哪裡，正在駭入你的電腦。

後來你又傳了什麼訊息過來嗎？如果有的話，很抱歉，我沒辦法讀到。我寫這封信，只是想要告訴你這件事。很抱歉寫了這樣一封單方面的信。請不用回信。這封信我不會留下住址，還請見諒。

對了，昨天真是好久不見了。你說你是小說家，在寫哪一類小說？不是有很多種嗎？純文學？推理小說？還是奇幻小說？如果有機會見面，請再告訴我吧。

草草寫就，還請見諒。請保重。再見。

遠野未咲筆

她將寫好的信放入信封，填上收件人住址姓名，在商店買了郵票貼上，投入郵筒。多久沒有像這樣大費周章地寫信給別人了？裕里心想。

收到這封信的我，對於裕里為何要假冒妳，好奇得不得了。其實我為此焦急煩悶不已，然而站在裕里的角度，她其實是天真無邪地寫下這封信，毫無惡意。

而我尚未得知妳的死訊，只是滿腦子不停地盤算：到底要怎麼做才能再見到妳？

第五章 † 飼養

乙坂鏡史郎先生：

今早那個話題又死灰復燃，我們夫妻再次爆發爭吵，把我搞得焦頭爛額。我只是想告知一聲發生了這些事。我不會再寫信給你了。祝你事業順利。

遠野未咲筆

第二封信只寫了「夫妻爆發爭吵」，但後來我也從裕里那裡聽到了詳情。事情發生在裕里寄出第一封信的隔天早上，丈夫宗二郎坐在餐桌旁的時候。

「搞什麼！故意要人看是嗎！這種東西拿去扔掉算了！」

宗二郎突然大吼。視線的前方是裕里的手機。手機放在餐桌上固定的位置充電，但裕里也不記得是她放的。問了瑛斗，瑛斗說是他充電的，說這樣或許可以讓手機復活。宗二郎說怎麼可能，裕里也這麼認為，然而就在這時，就在三人的注視之下，手機突然震動起來，螢幕復活了。宗二郎的臉僵住，裕里和瑛斗天真地開心。結果就在下一秒，收到了學長新的訊息：

「我依然愛著妳。」

裕里頓時面無血色。往旁邊一瞥，丈夫一臉猙獰地死盯著螢幕，一把抓起手機，走向陽台。

他打開陽台落地窗，先折回房間裡，突然助跑了一小段，接著使盡全力將手機朝外扔去，大喊：

「都是發明這種東西的人不對！」

裕里急忙衝出陽台。手機好像掉在公寓停車場了。

「喂！砸到人家車子怎麼辦！」

「去怪發明車子的人！」

宗二郎好像發神經了。一旦變成這樣，就難以溝通了。裕里連忙離開住處，趕往停車場。瑛斗也跟上來湊熱鬧。

來到停車場，兩人尋找應該掉到地上的手機。裕里彎著腰，幾乎是趴在地面尋找，結果瑛斗驚呼一聲。往他指示的方向一看，裕里傻住了。一台賓士車的擋風玻璃破裂，手機掉在後車座底下。

裕里和瑛斗對望，不知如何是好，這時宗二郎出現了。還以為他要過來，居然直接經過，就要去上班。裕里追上去叫住他：

「等一下！你把人家賓士車的車窗砸破了啦！」

「不關我的事。」

「是你丟的！你給我回來！」

「放手！我要遲到了！」

「我看到了！你這個現行犯！」

「居然說自己的丈夫是犯人？那妳算什麼？妳應該因為通姦被判無期徒刑！」

果然無法溝通。

「拜託，不要再繼續惹惱我了！」

宗二郎甩開妻子的手，丟下這句話，上班去了。

裕里死了心，帶著瑛斗前往一樓櫃台，向管理員詢問賓士車的車主。

「怎麼了嗎？」

「喔，有點事……」

結果瑛斗從旁插口：

「對不起！我把車窗打破了！」

「哎呀呀，等一下喔，我打電話聯絡看看。」

管理員打電話給賓士車車主。裕里趁空檔抓住瑛斗的手臂，嘴巴湊到他的耳邊質問：

「你幹嘛撒那種謊？你不用多事啦。」

「沒關係啦，反正我只在這裡住一陣子而已。如果說是阿姨妳們弄破的，以後鄰居相處不是超尷尬的嗎？」

裕里一方面覺得感激，但瑛斗這種連大人都甘拜下風的發想，令她背脊一陣發涼。和傻大姊的颯香根本是天壤之別。這孩子到底是經歷過多嚴苛的歷練？想到這裡，裕里疼惜起瑛斗來了。

「可是不能讓你揹黑鍋。車主來了以後，阿姨會好好說明，你不要隨便撒謊。」

裕里這麼叮囑瑛斗，等待車主現身。

「你姨丈也是，不讓人好好罵個一頓不會學乖。我會拜託車主，請他好好訓你姨丈一頓。」

等待期間，裕里還能老神在在地說這種話，然而現身的車主是個一看就非善類的彪形大漢，他一看到車子的慘況，立刻怒氣沖天地飆罵起來，把裕里嚇得連一聲都吭不出來。到底會被怎樣獅子大開口？她已經認命要被狠敲一筆了，沒想到這時瑛斗突然高聲號哭起來：

「對不起、對不起！我不是故意的！真的對不起！」

管理員說明「好像是這孩子打破的」。看到孩子大哭，車主似乎也心軟了，突然不知所措起來，開始安撫瑛斗。結果管理員居間協調，說定以裕里家的保險費支付修理費，圓滿地解決了。收下名片一看，車主的頭銜是仙台體育大學教授，原來不是黑道。

暫時是被瑛斗解救了。

然而因為學長魯莽的訊息，裕里蒙受了池漁之殃。她覺得非說個幾句不可，因此雖然昨天才剛寄出一封信，但她立刻又提筆寫信了。雖然很想交代發生的風波始末，但倘若實際寫下來，好像在暗示學長支付修理費一樣，結果她刪除了這部分，寫成了極簡潔而抽象的文章，投入郵筒。

乙坂鏡史郎先生：

今早那個話題又死灰復燃，我們夫妻再次爆發爭吵，把我搞得焦頭爛額。
我只是想告知一聲發生了這些事。我不會再寫信給你了。祝你事業順利。

遠野未咲筆

但裕里的劫難還沒有結束。又過了幾天。

乙坂鏡史郎先生：

我們家來了兩隻巨型大狗，外子叫我負責照顧。他一定是在懲罰我。
我無意責怪你，但覺得還是得讓你知道一下。很抱歉，我不會再寫信了。
這封信也請你置之不理吧。

遠野未咲筆

自稱是妳的裕里寄來的信，內容十分簡短，事後聽她描述，其實是發生了這樣的事。

宗二郎有個朋友，妻子是流浪貓狗送養團體的義工，某天必須緊急為兩隻大型狗尋找新家。原本的飼主是個叫亞當的外國人，在北山買了幢大房子，飼養大型犬，但因為在祖國股票投資失敗，不得不變賣一切資產。

外國人認識宗二郎朋友在送養團體做義工的妻子，起初問她要不要用一隻一百萬圓買下，但那位太太拒絕，說如果要買賣就不幫忙了。這名外國人後來到處找買主，雖然出現過願意以一隻五十萬圓買下的人，但接近交易日期時，對方卻突然失聯，只好再次向那位太太哭求。由於回國時間逼近了，太太無可奈何，便暫時將狗安置在名取的團體機構裡。裕里問那是誰的太太，宗二郎說是叫某某的整骨師太太。裕里又問是怎麼認識的，宗二郎說是臉書上的朋友。好像不是直接拜託宗二郎，而是宗二郎在動態消息上看到那名整骨師的送養文而已。也就是如果宗二郎不多事，那兩隻狗根本就不會來到家裡。

這兩隻波索獵犬大型犬，外觀或許稱為「兩頭」更為貼切。牠們想要玩耍，立起後腳舔舐宗二郎的臉時，比一八〇公分的宗二郎還要高大。亦即，牠們是比人類還要巨大的生物。體型細長，據宗二郎聽說，體重約是四〇公斤。兩隻的話，就重達八〇公斤。牠們會用身體衝撞過來，或是直立撲抱上來。兩隻狗同時這麼做，連宗二郎都招架不住。團體的義工說，每天都必須帶這兩隻大狗散步兩小時才行。

「這麼大的狗，我們沒辦法養啦！求求你，把牠們送回去吧！反正一定都是我要照顧對吧？」

「不，我也會幫忙——偶爾啦。」

瑛斗則是天真無邪地開心。他試著把牠們當馬騎，但狗兒不肯任他為所欲為。

他們先三個人一起帶牠們去遛狗。因為還不熟悉，不能放開牽繩。裕里想起附近的公園有狗園，把狗帶去那裡，放開牽繩讓牠們放風。兩隻狗開心地在狗園裡盡情奔馳，速度令人瞠目結舌。與其說是狗在跑，更像是馬在奔馳。宗二郎自己也嚇呆了。

瑛斗查了一下維基百科。

「上面說波索是俄文，意思是『敏捷』。『奔跑速度可達時速五十公里』。時速五十公里有多快？」

「跟車子差不多了。如果是機車，完全就超速了。」宗二郎說。

「喔喔，上面說水豚也可以跑到時速五十公里耶，真的還假的！還說尤塞恩·博爾特[7]就算九秒跑完一百公尺，時速也只有四十公里，人類怎麼這麼遜！」

「現在什麼事情都可以用手機查到呢，真厲害！」

宗二郎對維基百科讚賞不已，裕里卻只感到頭皮發麻。萬一這兩隻巨犬以時速五十公里的速度在家中四處奔跑——光想就背脊發涼。

兩隻狗整整跑了兩個小時，四處嬉玩，似乎實在是累了，躺在草皮上，這下賴在那裡不動如山。好不容易想方設法讓牠們站起來帶回家，卻又大搖大擺地在家中四處漫步，因此暫時先把牠們關進颯香的房間裡。

「求求你，把牠們還回去吧！」

裕里流淚懇求，宗二郎卻死都不肯點頭，一下子就關進自己的書房了。反而是瑛斗跑進颯香的房間，再也沒有出來，應該是在跟狗玩吧。瑛斗把兩隻狗取名為阿波和阿索。狗的品種是波索獵犬，只是分開來叫罷了，了無新意。全身白毛的是阿波，頭帶點灰色的是阿索。裕里覺得陪狗玩總比成天沉迷手遊像話多了，決定暫時忍耐。

瑛斗沒關上颯香房間的門，兩隻狗跑到客廳來了。

「喂！瑛斗！牠們跑出來了！把牠們帶過去！」

結果瑛斗說「牠們很乖」，遲遲不肯把牠們帶走。沒多久，兩隻狗來到躺在沙發上的裕里旁邊，依偎著她似的蜷蹲下來，安安靜靜的。

裕里撫摸牠們的頭，狗兒安安分分，舒服地眯起眼睛。看著那模樣，倒覺得可愛起來了。但是在家中走動的姿態仍是威懾八方，就好像有人騎著自行車在家裡亂轉，迫力十足。兩隻狗同時走動起來，連住慣了的自家

---

7 尤塞恩・博爾特（Usain St Leo Bolt，一九八六―），牙買家前短跑運動員，男子一百公尺、二百公尺以及男子4×100公尺接力的世界紀錄保持人，有「閃電博爾特」之稱。

都變得不像自己家了。

裕里上網查了一下宗二郎說的朋友太太參加的團體，似乎是很正派的團體，還有附上可愛插圖的專屬官網。上面寫著領養動物的手續，其中有一項是預先家訪，因為必須確認領養人的住家環境是否適合養狗。一想到在自己不知道的時候，竟然有人跑進這個家四處勘察，光是這樣就讓裕里背脊發冷，但再想到宗二郎的處心積慮，更是膽寒不已。

第六章 † 婆婆

乙坂鏡史郎先生：

婆婆要暫時住在我家。這一定也是外子在懲罰我。

我無意責怪你，但倘若你能多少分擔一些痛苦，我會感到很欣慰。少了手機，對我是莫大的折磨。我無法傳訊息給任何人，無法抒發壓力，幾乎快爆炸了。沒有手機的時代，人們都是如何排遣這些壓力的？謝謝你聽主婦抱怨紓壓，讀完後請丟掉吧。我不會再寫信打擾了。

遠野未咲筆

就在狗突然來到家裡的第三天，宗二郎的母親昭子毫無預警地來訪。

「咦，媽，妳怎麼突然來了？」

「剛好到這附近，過來看看。」

昭子脫了鞋，就像住慣了的自家似的走進來，結果阿波和阿索猛地從室內飛奔而出，難得出聲吠叫，也許是認為地盤受到了侵犯。迎面衝來兩隻不曾見過的大型犬，昭子嚇得幾乎腿軟，放聲尖叫。兩隻狗受了驚，更加興奮，叫得更兇了。宗二郎和瑛斗被這場騷動驚動，從房間裡跑出來。

「咦？媽！怎麼了？」

「嚇死我了！嚇死我了！搞什麼啊！把這些狗弄走！」

昭子無路可逃，慌亂得一副想爬上牆的樣子。裕里抓住狗兒們的牽繩，暫時把牠們關進颯香的房間。

「天哪，我的天哪，這到底是怎麼一回事？那兩隻狗是什麼？」

「宗二郎從義工團體領養來的。」

「這樣啊，原來如此。那孩子就是這樣，從小就心地善良。他甚至因為不忍心解剖小老鼠，放棄了當醫生。啊，抱歉沒能參加妳姊的葬禮。

來，這是給颯香的禮物！」

昭子從袋子裡取出甜點店的盒子，放在餐桌上展示。

「颯香現在去我娘家住了。」

「啊，這樣嗎？咦？可是剛才我來的時候，好像看到小孩子的人影，那是誰？不是颯香嗎？這麼說來，看起來也像是男生，是男生嗎？」

「是我外甥，他來這裡玩。」

「咦？他在哪？」

裕里呼叫瑛斗的名字，但瑛斗不出來。昭子親自去臥室或書房找人，沒多久就回來了。

「在裡面玩手機。」

「啊，就是他。」

「小小年紀就沒了母親，真不曉得他有多傷心。我實在不曉得該怎麼安慰他才好。」

昭子坐下來，吃起帶給颯香的甜點，兩三口就吞掉一顆頗大的泡芙。

「啊，媽，妳餓了嗎？要不要我做點什麼給妳？」
「不用了，我吃飽才來的。」
昭子說著，又兩三口吞掉第二顆泡芙。
「媽，妳今天怎麼來了？」宗二郎問。
「今天有同學會。」
「同學會？」
「嗯，大學同學會，但是總共也只有六個人參加。可是好懷念啊。」
這話題對裕里來說有些尷尬，宗二郎眼尖地察覺了。
「這麼說來，裕里之前也去參加了同學會。」
「真的嗎?!」
「媽有見到初戀情人嗎？」
「哈哈，哪來的那種人？我讀的是女子大學，全是女生啦。」
母親沒發現兒子的眼睛沒有半點笑意。宗二郎當著天真無邪地害臊的母親，繼續挖苦妻子：

「那妳呢？」

「咦？」

「妳見到初戀情人了嗎？」

「你在說什麼啊？」

「同學會啊。」

「才沒有哩。」

兩人劍拔弩張起來，裕里認命地心想又有得吵了。她這個丈夫一旦點燃怒火，就不可能平息。然而意外的是，宗二郎似乎暫時收起了矛頭，轉向母親，使出下一個計謀：

「媽，妳今天有什麼打算？要不要留下來過夜？偶爾在這裡過夜也好吧？」

「咦？講這種話，我不會跟你客氣喔？我很少有機會來這裡嘛。」

「要不然乾脆住上一個禮拜吧。」

居然來這招？繼狗之後是婆婆嗎？這也是對她的懲罰嗎？裕里的壓力已經瀕臨破表。

裕里的婆婆昭子儘管出生於戰後，家庭環境卻據說宛如戰前，這點從奶媽菊嫂就可見一斑。昭子和宗二郎都是菊嫂帶大的。

昭子的父親是明治出生的外科醫師，在北仙台開診所，經營得有聲有色。他生養眾多，昭子是父親當爺爺以後才生下的么女，自小就有菊嫂這個奶媽照看，身邊大小事都是菊嫂在打理。

昭子從仙台青葉女子大學畢業後，與父親看上的繼承人外科醫師結婚，但婚後奶媽菊嫂仍片刻不離，從準備三餐到打掃洗衣，甚至替入浴的丈夫準備乾淨的內衣褲等等，都是她一手包辦。丈夫起初似乎如坐針氈，但不知不覺間也習慣了，甚至洗完澡被看見裸體也不以為意。就在這時，長男出生了，過了兩年，長女出生，再三年後，裕里的丈夫宗二郎出生了。

每個孩子都受到菊嫂疼愛，並喜愛菊嫂，尤其么兒宗二郎特別黏她。菊嫂過世時，宗二郎十八歲，聽說他趴在棺材上放聲痛哭。父親過世的時候，宗二郎懊喪地說他沒辦法像對菊嫂那樣悲泣，並說即使母親過世，一定也沒辦法那樣悲慟。菊嫂一走，岸邊野一家人便逐漸疏遠了。或者也可以說，曝露出原本的疏離。昭子與繼承醫院的長男同住，但與長媳關係不好。但比起媳婦，昭子與長女的關係更是糟糕到了極點。性情奔放自由的長女和沒有醫界淵源的經營顧問結婚，因為自己外遇而離婚。接著與自稱全方位設計師的男子結婚，又因為自己外遇而離婚。與第三任丈夫之間雖然生了兩個孩子，但花邊新聞不斷。對這樣的長女，岸邊野家族全都劃清界線當做不認識，聽說就連宗二郎的父親過世時，他們也沒有通知她。

裕里對岸邊野家的家族史毫無興趣，但昭子天天把這些陳年往事掛在嘴邊，即使不願意也背起來了。為了傾吐，她甚至寫下來寄給我。

……只要和婆婆在一起，就會像這樣得知我毫不感興趣的外子家族的內幕，既無所謂又瞭若指掌，因此也在這裡跟你分享一下。即使讀到這種事，也一點都不有趣對吧？然而我寶貴的星期天早上或下午，卻得不斷地耗在聆聽這種無聊事和埋怨話上。她怎麼能那樣信手拈來如此不著邊際的內容，又臭又長地說個不停呢？她應該完全不管對方有沒有興致聆聽吧。她怎麼能宛如實況轉播一樣，鉅細靡遺地說出幾十年前和朋友去溫泉或是參加演歌歌手演唱會的事？為什麼可以一邊滔滔不絕，一邊不停吃煎餅零嘴或水果，就像個無底洞？然後三餐照吃，早餐還要求我煎一片一百公克的牛排，吃得一乾二淨。對我而言，婆婆就像個妖怪。

很抱歉，今天的我有些精神不穩定。壓力太大了。照顧兩隻狗和婆婆就夠累了，但不能用手機，或許是最大的壓力來源。有時我會發現我的手無意識地在尋找手機。拇指蠢蠢欲動，只想打字，而且想查東西卻不能搜尋！這真的是莫大的壓力。現代人絕對不可能再適應沒有手機的生活。我不說這全都是你害的，但倘若你能稍微同情我一些，我會感到很欣慰。

但寫這種信還是不太好呢。比不幸的信還要惡質。我不會再寫了。

遠野未咲筆

儘管說著「這是最後一封」，裕里很快又寄信來了。這或許是突然失去手機，被奪走社群媒體連繫的現代人的一種恐慌症狀。她發洩的管道似乎全都集中在我身上了。

乙坂鏡史郎先生：

啊，結婚究竟是怎麼一回事？結婚到底是為了什麼？如果結婚的對象是個英俊男子，就會有什麼不同嗎？外子的外貌絕對稱不上帥俊，看著他那因為中年代謝問題而肥胖的背影，有時我會突然疑惑起來：這個人怎麼會在我的生活裡？我們原本互為陌生人，讓這兩人變成不再是無關的兩人的，就是所謂的愛情，但這愛情最早是熱戀，處在熱戀階段的時候，怎麼說，人會陷入盲目不是嗎？所以會情人眼裡出西施，連醜陋的一面都還沒有認清，就進入下一個階段，結果就好像打開了什麼開關一樣，滿腦子只想要和這個人在一起，對其他人失去一切興趣——男人也會有這種情形吧？到了這階段，已經變成了穩定的愛情嗎？如此一來，人就會安心地結婚什麼的，回過神時，連孩子都生了，這回又愛起孩子來。人真的很忙呢。我並不討厭外子，他讓我有種安心感，但每次只要吵架之類的，就會覺得他像個陌生人。覺得：啊，說穿了他只是個陌生人。

有時候可愛的貓咪不是會突然嘶吼，伸爪子抓人嗎？這種時候就會覺得以為是寵物的家貓，其實仍然是野生動物，牠們平常就像俗諺說的，只是在「裝乖小貓」而已嗎？就類似這種感覺。啊，陌生人，畢竟是陌生人。我怎麼會跟一個陌生人在一起？我會這樣長吁短嘆，然後陷入空虛。

對妻子而言，丈夫是什麼？追根究柢，什麼叫「主人」[8]？這是哪門子高高在上的名稱嘛。

丈夫。叫丈夫剛剛好。

可是「夫」這個字搞什麼嘛！就好像用訂正的兩條線劃掉「人」一樣，意思是丈夫不是人？丈夫就是非人哉？非人也？總覺得愈想愈討厭。愈看愈像詛咒稻草人。我到底是跟什麼玩意兒住在一起？

……把這些寫下來，覺得暢快多了！

我覺得一直以來，都是能抒發這類煩憂的社群媒體在支撐著我。但現在我沒辦法用那些網站程式，所以只好寫給你。啊，果然一切都是你害的。

可是這樣下去沒完沒了，所以這是最後一封信了。

如果又發生了什麼事，或許我又會寫給你，但暫時已經沒有什麼好寫的了，我就此打住。真的很抱歉。

遠野未咲筆

看來裕里累積了不小的壓力。感覺即將瀕臨爆炸邊緣。

至於我，雖然對裕里很抱歉，但我很享受這些信件。與其說是內容有趣，更覺得彷彿將主婦的真心話拿來切片觀察一般，我別有用心地認為身為作家，或許可以把它當做作品的素材。我覺得這個時候，我便已經把這一連串事件當成一部小說的草案了。往前回溯，我覺得當裕里冒充妳出現在同學會的那時候起，我就已經進入作家模式了。

8 日文的「主人」就是常見的丈夫稱謂之一。

第七章　†　校舍

乙坂鏡史郎先生：

唉，這次是大伯大嫂突然來訪了。大嫂昨晚好像有傳訊息給我，但我沒有手機，讀不到訊息。而冷戰中的丈夫連一聲也不說。我們家就以亂糟糟沒打掃的狀態迎接突來的客人。感覺白頭髮又要變多了……

宗二郎的大哥航一郎是醫生，繼承家裡的外科診所。大嫂千鶴是內科醫生，與大哥一起經營醫院。兩人聽說昭子要暫時住在弟弟家，一起上門了。

「媽都好嗎？媽不在，家裡變得好冷清。」大嫂千鶴說。

「睜眼說瞎話，我看妳爽快得很吧？」昭子挖苦說。

「怎麼可能！媽怎麼這麼說？沒有人可以聊天，我好寂寞呢。媽有定時量血壓嗎？」千鶴說。

「宗二郎收養了兩隻大狗狗，裕里照顧那兩隻狗，忙不過來，所以我幫她煮煮飯之類的。」

昭子說，但裕里完全不記得婆婆曾經幫忙煮飯。

「我看到狗的照片了。宗二郎，那狗太大了啦，照顧起來應該很累吧。」

大哥航一郎對宗二郎總是不容分說。

宗二郎從小被強迫長大以後要當醫師，也實際進了醫學院，但因為在實習中無法下手殺害實驗用老鼠，放棄了這個念頭。家人萬分遺憾，他說「我要當電腦的醫生」，並說到做到，努力鑽研，在這個領域自立門戶。宗二郎與預期不符的人生，也是對其家族來說，挫折與復仇的人生，這更加劇了一家人之間的不和。

「我在想，」宗二郎說：「可以的話，我希望媽在這裡住久一點。就像你們剛才聽到的，媽真的幫了裕里很多。」

裕里啞然失聲。我可沒聽說！你都不用問我的意見嗎？

「就算你這麼說，」航一郎說：「裕里實際上真的很辛苦吧。就算媽說有幫忙，像剛才說她會幫忙煮飯，但我想頂多只是幫忙端一下盤子之類的吧。畢竟媽從來沒下過廚、沒打掃過，也不曾自己洗衣服。」

「我知道。」

兄弟早已識破母親的謊言。

「但從以前就一直讓哥哥嫂嫂照顧媽，我覺得很過意不去。爸過世已經十年了不是嗎？後來都沒有好好討論過，就順其自然地讓你們照顧媽。」

「說是照顧，我們家有雇幫傭幫忙，你完全不用放在心上。」千鶴說。

「就是啊。在我們家，也不是我們要打理媽的大小事。」航一郎說。

「哥，就只有孩子們放暑假的期間也好，讓媽住在這裡如何？」

「是啊，既然宗二郎都這樣說了，我就暫時在這裡打擾好了。」昭子說。

母親和弟弟都說到這個份上了，兄嫂也找不到拒絕的理由。就這樣，昭子決定在夏天結束前，與裕里一家同住。瑛斗向鮎美與颯香報告這段經過，老成地說：

「完全掉進敵人的圈套了。一定是姨丈的媽媽叫姨丈那樣說的嘛。姨丈的媽媽可能是對大兒子家的對待心有不滿吧。畢竟她凡事都要人照顧。女傭照顧她也只是為了工作，沒有親子之間的愛情。」

「你怎麼知道這麼多？」

「實情是，那個阿嬤每天晚上都會跟姨丈抱怨這些事，我只是不小心聽到而已。牆壁很薄，不想聽也會自己傳進耳中。」

「被阿嬤那樣說，爸也拒絕不了呢。」颯香說。

「不只是這樣而已。這是懲罰啊。」

「懲罰？」

「姨丈對阿姨的懲罰。阿姨去參加同學會回來以後，兩人的關係就降到冰點了。」

「哦，跟同學會有關嗎？」
「廢話，妳媽墜入愛河啦！」
「咦咦咦！等一下，你怎麼連這都知道啦！」
「就說妳們家牆壁太薄了，我不想聽也會聽到。他們也把我當小孩，覺得我什麼都不懂，毫不設防。我根本不想聽，那些事卻一直灌進我的耳朵好嗎？」
瑛斗厭煩地說，但似乎又樂在其中。颯香忍不住蹙眉。自家的問題被瑛斗得知，不是什麼舒服的事。
航一郎夫妻拜訪之後的隔天，裕里開車載著阿索回娘家了。鮎美第一次看到那麼大的狗，忍不住嚇得尖叫。颯香沒那麼害怕，但也不太敢靠近。
裕里把阿索帶進家裡。
從廚房走出來的純子發出比鮎美大上好幾倍的尖叫聲，滿屋子拚命逃竄，裕里和颯香見狀捧腹大笑。最不害怕的應該是視力不佳的幸吉。他讓裕里牽著手觸摸，似乎分不出哪邊是頭哪邊是尾巴。眾人花了五分鐘，才習慣了狗的存在。

「狗是這麼大的動物嗎？」

「啊，呃……嗯，是滿大的。」

「實在太辛苦了。那，妳說暫時要寄養在這裡，具體上是多久？」

「唔……」

「唔什麼唔，不會是永遠吧？」

「唔……」

「妳就是想把牠丟在這裡吧？」

「唔……」

「不行啦！家裡光是顧眼睛不好的老爸就忙不過來了。」

「求求媽啦！要照顧這麼大的兩隻狗，我實在沒辦法。光是帶牠們去遛狗，就快把我累死了。」

「一定要遛嗎？帶這麼大的狗遛狗？天哪，怎麼可能！」

「那媽要我怎麼辦嘛？收留一隻也好吧！小氣鬼！媽這個小氣鬼！」

「妳怎麼這麼幼稚！妳女兒在看耶！」

「我不管啦！」

裕里倒在沙發上，像幼兒似地踢動雙腳。結果鮎美突然舉手：

「我來照顧！」

「咦？真的嗎？」

裕里從沙發跳起來。

「妳在說什麼？妳剛才明明那麼怕！」

純子板起臉來。

「我習慣了！」

「我也來幫忙！」

鮎美旁邊的颯香也用力舉手。

「颯香，妳暑假結束就要回家了吧？」

「萬歲！太棒了！耶！」

裕里故意像小孩一樣歡呼跳躍，一副打死都不理會純子反駁的態度。純子也無法再說什麼。或許是因為許久沒有看到鮎美如此積極的關係。

裕里立刻教導鮎美和颯香狗的基本照顧知識，然後一起帶阿索去遛狗。牽繩一開始由颯香牽著，但阿索完全不理會，用力拉扯往前走，途中鮎美也一起幫忙拉，而阿索不知道是否不願意服從陌生的飼主，一個勁地拖著兩人往前走。

「你心情不太好呢。」裕里摸了摸阿索的頭。

「因為和兄弟的阿波分開的關係吧？」鮎美說。

「是嗎？可是聽說牠們不是兄弟。」

「那就是死黨。」颯香說。

兩人這樣的想法，讓裕里有些感動，並對無法用這種角度思考的自己感到有些惆悵。小孩子都很重視手足、朋友的感情，但成人以後又是如何呢？大人是靠什麼陪養人際關係呢？她思考起這些事情來。

從娘家到母校仲多賀井中學，走路只要十分鐘。在操場解開牽繩，阿索欣喜若狂地四處奔跑。裕里帶著颯香和鮎美在校舍裡閒晃。兩人一邊走，一邊用手中的手機隨意拍照。看到荒廢的校園，裕里還有些泛淚。

隔天裕里又寫了一封長信給我。

乙坂鏡史郎先生：

我去了一趟仲多賀井中學。超懷念的。抱歉，都大嬸年紀了，還學年輕人說什麼「超懷念」。但真的非常懷念。

我也拍了一些照片，列印下來寄給你，算是分享一點懷舊之情。同學會的時候氏家老師也說過，學校好像很快就要拆除了。太可惜了。我們的母校居然會有從世上消失的一天，總覺得令人震驚。仔細想想，我們只在那裡生活了三年的時光，而我進入現在任職的圖書館也三年了，但比起職場的圖書館消失不見，校舍拆除帶給我的打擊更大。怎麼會有這樣的差異呢？如果是在讀國中的時候學校即將消失，說不定也只會覺得「是喔」，麻木無感。而或許等到我變成了老太婆，聽到圖書館要拆掉，也會感到揪心不捨。懷舊或許就是這麼一回事。

完全變成在寫日記了。這種單方面的傾吐不太好呢。如果你能回信給我，或許我也會顧慮一下你的感受，不會像現在這樣拉拉雜雜想寫什麼就寫什麼。都是因為你杳無音訊害的。沒錯。這一切的災難，你就是始作俑者。

對了，不是有兩隻狗因為你而來到我家嗎？因為實在無力照顧，我把其中一隻送去娘家了。我父母都健在，家父眼睛不好，我知道家母照顧他很辛苦，但實在顧不了這麼多了。這種時候只有父母可以依靠。人被逼急了就很沒用呢。會無法做出正常的判斷。這樣根本行不通。家父眼睛看不見——剛才說他眼睛不好，其實是因為白內障還是綠內障，幾乎快要完全看不見了，所以家事全落在家母身上。家父會幫忙丟垃圾和掃浴室，但如果連這些都沒辦法做，再加上這些勞務，家母會非常辛苦。我女兒……

裕里寫到這裡頓住了筆。不光是父親，直到上個月，母親還要照顧姊姊。

鮎美這孩子很能幹，應該幫了母親不少，但這下又為母親造成負擔，裕里一陣心痛。

她會停筆，還有另一個理由。

我女兒……

雖然不小心寫了，但這是不能觸碰的領域。雖然在之前的信裡大談自己的父母、丈夫、婆婆和狗等等，她卻對颯香、鮎美及瑛斗隻字未提。要把自己的女兒颯香寫成姊姊的女兒、把鮎美和瑛斗寫成自己的孩子，令她感到抗拒。她覺得這是謊言、是罪孽深重的事。怎麼會有這樣的差異？裕里心中也不是很明確地知道其中的界線。

裕里又從頭寫過。她簡潔地交代久違地重回仲多賀井中學的事，將照片放入信封一起寄給我。操場的照片、校舍的照片、拖鞋櫃的照片、樓梯的照片、教室的照片。化成廢墟的鋼筋混凝土建築物令人不忍卒睹，但記憶將它們修補成懷念的學校。照片是誰拍的？應該是女兒颯香或外甥女鮎美吧。應該也有兩人入鏡的照片，但連一張都沒有寄來。不知底細的我並不覺得奇怪，也想不到那麼多。那個時候，我只是純粹對裕里自稱未咲的動機感到神祕不已。

為什麼要冒充妳姊姊？

此刻妳早已離開了這個世界，但其實在幻想的層級，我已經想到了這個可能性。在推理小說裡，冒用身分的人，通常都會殺害被害者。《天才雷普利》的雷普利殺害富有的朋友並冒充他，享受著他人優雅的人生。

對於寄信給我的裕里，我像這樣天馬行空地幻想，兀自樂在其中，但只有這一點正中了紅心。奇妙的是，就只有妳已不在人世這一點猜對了。

第八章 † 幽會

養狗一定要遛狗，但波索獵犬很怕熱，夏季的散步最好選擇清晨或傍晚涼爽的時段。瑛斗自告奮勇早上帶阿波散步，減輕了裕里很大的負擔。帶著阿波到附近的公園，那龐大優雅的形姿引得附近的人都聚集過來。瑛斗和裕里不知不覺間，竟成了公園的大紅人。

過了一星期，瑛斗便帶了年紀相仿的朋友回家。加藤兄弟就是這樣來家裡玩的雙胞胎兄弟。他們家住附近，裕里看到過這對雙胞胎幾次，然而某天他們竟出現在自家客廳，大搖大擺地邊玩電視遊戲器，邊自己開冰箱挖出各種東西吃喝，嚇了她一大跳。又是狗又是婆婆的，裕里在精神上已經瀕臨極限，對這件事卻很寬容。瑛斗的玩伴增加，裕里也樂見其成。每次看到瑛斗一個人在房間玩手遊，她都覺得這樣不行，但自己要上班，實在沒有太多時間陪瑛斗。加藤兄弟也是，起初覺得這兩個孩子未免臉皮太厚，但他們很親人，不怕大人，也會跟昭子撒嬌，很快地讓裕里覺得像救世主。

加藤兄弟名叫「來夢」與「叶夢」，發音各別是RAIMU與KANON。裕里分不出誰是來夢誰是叶夢。他們和瑛斗一樣，都讀小五。

某個平日傍晚，裕里下班回家，看到瑛斗和加藤兄弟在客廳玩，卻沒看到昭子。瑛斗說昭子中午左右出門，還沒有回來。婆婆對這塊土地完全陌生，她有什麼地方可以去？裕里擔心起來。

「我去找她。」

話雖這麼說，但該上哪裡找？裕里正在煩惱，加藤兄弟向瑛斗提議用那個方法。那個方法是哪個方法？但瑛斗好像心神領會，老大不願意地拿來紙和鉛筆，開始在上面塗塗抹抹。好像是在畫東西南北的示意圖。瑛斗在中央放上十圓硬幣，把手指放上去。加藤兄弟也把指頭按在硬幣上。

「錢仙錢仙，阿嬤去哪裡了？」

結果三人的指頭緩緩地朝西南方移去，裕里嚇呆了。

「這是什麼？是什麼機關？」

「才沒有機關。錢仙說是那裡。」

瑛斗瀟灑地說，但加藤兄弟對望，露出似有深意的笑。

「可是，」裕里說，「只說那裡也不知道是哪裡……」

「帶阿波去找怎麼樣？」加藤兄弟之一說。

「對啊，阿波應該認得阿嬤的味道。」加藤兄弟之二說。

就這樣，裕里帶著阿波和孩子們，一起出門找昭子。儘管覺得甚至出動狗，實在有點小題大作，但如果不找到昭子，又教人牽腸掛肚，所以姑且還是往西南方前進。她讓阿波聞了昭子的襪子，但阿波與其說是朝某個方向前進，更像是配合大家一起跑。阿波本來就沒有受過這類訓練，裕里覺得應該派不上用場，但途中阿波開始主動引導眾人前進，最後在散步道上發現坐在長椅上的昭子。以結果來說，錢仙和阿波都猜中了。裕里不知道這是連續的巧合，或者真有某些神祕的力量，但現在這些都不重要了。因為昭子所在的長椅旁邊坐著一名白髮男士，兩人正親熱地談笑風生。

「快躲起來！」

加藤兄弟之一催促。裕里一行人藏身在灌木叢後面。

「是所謂的熟齡之戀嗎？」加藤兄弟之二說。

遇到尷尬的場面固然是個問題，但帶著孩子們一起，也是個問題。

「好啦，既然知道阿嬤沒事，我們回去吧。」

就在裕里這麼說的剎那，孩子們一陣緊張。轉頭一看，昭子和老人雙雙從長椅站了起來。兩人就這樣朝遠離裕里一行人的方向走去。老人似乎不良於行，拄著拐杖。

「他們要去哪？」

遇上這種狀況，孩子們簡直就像發現獵物的獵犬。就連阿波都把牠長長的鼻頭對著昭子和老人，蓄勢待發。

「好了，我們回去了！」

裕里說，想要把孩子們帶回去，但如果大聲斥喝，會被昭子發現。瑛斗緊抓著阿波的牽繩不放。裕里能夠做的，只有丟下孩子們自己離開，但又不能這麼做，結果只得一起觀察到最後。

昭子和老人花了十五分鐘，走了一般人行走約五分鐘的距離。似乎完全沒發現他們。兩人走到一處老舊的獨棟平房。老人開門，請昭子進去。孩子們緊張兮兮地盯著看。看著這幕情景的這幾個孩子，究竟具備多深的知識？即使現在懵懵懂懂，有朝一日想起這幕場景，他們是否會恍然大悟：「啊，一定是這麼一回事」？裕里想著這些，兀自陷入輕微的恐慌。但如果氣急敗壞地催他們回去，反而會更刺激這些孩子，更控制不了，這樣也很棘手，裕里不知該如何是好，一籌莫展，昭子和老人進屋後卻遲遲沒有再出來。這樣一來，就沒了動靜。靜止不動的獵物，讓獵犬興趣缺缺。孩子們覺得無聊極了。不久後，他們似乎興趣全失，反而主動說要回去。如此這般，裕里順水推舟地成功將孩子們與阿波帶回家了。

一行人繞了一點路，先送加藤兄弟回家，裕里帶著瑛斗和阿波回到家時，已是七點左右了。宗二郎在八點左右回到家，而昭子回家時，都已經九點多了。

昭子說她吃過晚飯了，匆匆逃進浴室裡，但可以看出她似乎有些喜孜孜的。洗完澡後，她好像給了瑛斗零用錢，要他幫忙揉肩搥背。這時瑛斗突然大叫，呼喊裕里等人，裕里急忙趕到颯香的房間，發現昭子整個人蜷在床上，不停地呻吟。瑛斗在一旁全身發抖。

「我幫阿嬤按摩，她突然難受起來。」

宗二郎也來了：

「媽？妳怎麼了？」

昭子額頭冒汗，似乎想回話也發不出聲來。宗二郎指示，裕里立刻叫了救護車。救護車馬上就到了，宗二郎陪同前往。裕里帶著瑛斗搭計程車跟上去。宗二郎傳訊息到瑛斗的手機，實況轉播救護車裡的狀況。宗二郎懷疑的病名太難了，瑛斗不會唸。

「這怎麼唸啊？」

「剝離性……主動脈……瘤？」

剝離性主動脈瘤。裕里勉強唸出了這個詞，但對於這是什麼樣的疾病，一頭霧水。不過從這個名稱也可以想像，絕對不是什麼輕微的小毛病。宗二郎傳來的訊息說：

「媽可能是剝離性主動脈瘤。」

「那是什麼？」瑛斗回。

「身體正中央的大血管主動脈剝離，造成那裡變得像一顆大瘤。最糟糕的情況會破裂，造成死亡。」

讀到這段說明，裕里也嚇白了臉。

「我以前看過這種症狀。以前老家的奶媽菊嫂，也是因為同樣的症狀突然倒下。」

「菊嫂後來沒事了嗎？」瑛斗輸入回覆。宗二郎毫不遲疑地傳來回覆：

「她死了。」

裕里看見瑛斗的身體一震。對於不知道考慮小孩子感受的丈夫，裕里怒不可遏。瑛斗的臉色蒼白得就像一張紙。裕里撫摸他的背，嬌小的背部在顫抖，從撫摸的手也可以感受得一清二楚。他一定是在責怪自己。裕里握住他的手，整隻手都冰透了。他一定覺得是自己害的。裕里心想，萬一婆婆真有什麼三長兩短的話……。雖然對昭子過意不去，但如果演變成那種狀況，更令人擔心的會是瑛斗。他的母親過世還不到半個月，現在又目睹有人離世，對孩子來說太難以承受了。

一抵達醫院，昭子就被送進急診治療室。裕里和瑛斗抵達時，宗二郎正坐在治療室前的長椅，表情凝重。

「怎麼樣了？」

「正在檢查。」

不一會兒，治療室的門打開，醫師出來了：

「是椎間盤突出呢。」

「不是那個剝離性什麼的嗎？」

裕里確定地問，宗二郎訂正：

「剝離性主動脈瘤。」

「啊，完全不是。」

接著醫師講解了一下椎間盤突出的病症，裕里和宗二郎都大鬆一口氣。但瑛斗看起來仍有些虛脫。裕里想，或許他還在自責。

隔天昭子就出院了，但需要坐輪椅。如此一來，讓她回去兄嫂家才是聰明的做法。兄嫂家開醫院，也有住院設備，而且回去自己家，也有她熟悉的床鋪。宗二郎似乎也向母親如此建議，但昭子似乎不想回去，直說那裡住得不舒服、跟那裡的人處不來，但口吻總有些含糊，像是刻意的藉口。

裕里了然於心。昭子一定是想要跟那個老人在一起。不出所料，隔天早上，昭子拿了一封信給裕里：

「不好意思，這封信幫我寄出去。」

收信人是波戶場正三。一定是那個老人的名字。住址符合前些日子兩人幽會的地點。不用投郵筒，用走的也能直接送到，但昭子依言丟進了郵筒。幾天後收到了回信。裕里把信拿給昭子，本人若無其事地收了信，塞進堆在枕邊的書本雜誌之間，滿不在乎地好似就這麼忘了那封信，但門一關上，她一定會火速拆封閱讀。不到一個小時，叫人鈴響了，昭子拿了回信要裕里去寄。裕里覺得這樣的婆婆很可愛，總覺得想要支持她。她向宗二郎提議，說至少暑假期間，在颯香回來前，就讓婆婆住在這裡吧。

「唔，既然妳這麼說的話，我是無所謂。」

宗二郎看起來有些慚愧。他一手安排母親住下，卻演變成這種情況，真的需要妻子照顧了。妻子也欣然接受，令人肅然起敬，然而自己卻只會對這樣的賢妻百般刁難。或許他對自己感到無地自容。

家裡有宗二郎出於諷刺而做的紙杯電話。原本放在廚房吧台上，某天被丟進垃圾桶裡了。咦？這是在表達什麼呢？裕里把它撿起來，放回原處。除非宗二郎主動說要買新手機給她，否則她絕對不會開口央求。

夫妻間心胸狹隘的戰爭，看來還有得打。

第九章 † 通信

就我而言，實在是有如芒刺在背。我是一切的始作俑者。輕率地送出去的訊息惹怒了妳妹妹的丈夫，讓一個原本安穩和樂的家庭陡生風波。而這番風波又有如蝴蝶效應般陸續引發意料之外的事件，教人內疚過了頭，都忍不住發笑了。

我翻著國中畢業紀念冊，心想有沒有什麼補過贖罪的方法，發現最後一頁是通訊錄。我逐一查看，發現妳的名字和住址也登載其上。寫信到這個住址如何？或許能順利送到裕里手中。如果妳的父母還住在這裡，他們早晚會將這封信交到裕里手上吧。但收件人不能寫遠野裕里，因為她是假冒妳的名義寫信給我——儘管我不明白其中的用意。如果收件人寫裕里的名字，就等於宣告其實我從一開始就識破了她的謊言。那樣一來，裕里會如何回應？什麼嘛，原來你早就知道了，抱歉我撒了謊——會是這樣嗎？會不會就此再也不寫信給我了？若是那樣，這場解謎遊戲也將宣告結束。或是那封信還沒有交給裕里，又落入她丈夫的手中，後果就不堪設想了。他一定會興師問罪：原來妳偷偷在跟男人書信往來！

這樣的話，收件人寫妳的名字或許比較保險。那封信如果有人拆閱，應該就是收件人的妳。

妳會讀那封信嗎？

都這把年紀了，我卻情不自禁地怦然心動起來。

寄到妳家的信，妳的父母一定會轉交給妳，然後收到信的妳拆開它，閱讀內容。妳會作何想法？一定會莫名其妙吧。或許妳會直接把信丟了，也或許不會。不管怎麼樣，只是這樣，信不會送到裕里手中。有沒有辦法讓妳從信件內容看出這其實是寫給裕里的信？有沒有什麼點子，可以讓妳認為這應該是要給裕里看的內容？

我猛然回神。我怎麼會有如此怪誕的念頭？我竟然在設法將寄給裕里的信託付給妳。我想起國中的時候，我請裕里送信給妳的事。與那個時候剛好相反嗎？這次妳成了中間的信差。好了，我該寫下怎樣的信呢？接下來的白晝與夜晚，我都在絞盡腦汁苦思機關，同時也是時隔許久，令人興奮期待的幸福白晝與夜晚。我作廢了幾十張信紙，總算完成的文章，是看起來毫無手腳的簡單內容。

這封信會在幾天後，寄達妳仲多賀井的老家吧。但其實妳早已不在人世，因此妳不會打開它。在信箱發現這封信的，是剛好到外婆家小住的裕里的女兒颯香。她帶阿索出門遛狗，回家的時候打開經常塞滿沒人清理的信箱，在裡面發現了寄件人不明、收件人是遠野未咲的信。或許寄達之後已經過了幾天。颯香把信交給鮎美。鮎美拆了信，兩人一起看了內容。

遠野未咲女士：

這次的事，我該說什麼才好呢？我完全只能表達同情之意，但我果然才是罪魁禍首吧。想聊天的話，請不用客氣！像這樣魚雁往返，也相當風雅呢。對了，這是妳老家的住址吧？寄信到這裡，就會送到妳手上嗎？

收件人是妳，但內容是寫給裕里的。我把信寫成如果裕里讀了信，一定會解讀為我仍然把她誤會成妳。但在我的預測中，第一發現者，也就是拆開這封信、第一個讀信的人，不會是裕里而是妳，因此我先站在妳的角度，思考妳讀了這封信會作何想法。算是一種有樣學樣的心理側寫。總之，我必須讓妳察覺，這封信看似寄給妳，但其實不是寫給妳，而是寫給冒充妳的妳妹妹的。

妳讀了這封信，應該會這樣想：

從內容來看，我和妳之間最近似乎發生了某些問題，但妳卻一頭霧水，毫無所悉。妳會感到納悶，然後懷疑：這真的是寫給我的信嗎？是不是把寫給別人的信不小心誤寄給我了？但這也不太可能。第一行一清二楚地以手寫字寫著「遠野未咲女士」。又說「隨時歡迎聊天」、「魚雁往返很風雅」，所以這或許不是第一封信。信封上沒有寄件人的住址和姓名，而是附記在信箋文章最後。或許是不願意讓別人知道寄件人是誰。看來這封信大有玄機。想到這裡，妳一定會聯想到同學會。同學會的通知不可能是寄給裕里，收件人應該是妳。妳先得知道有這場活動，然後以某種形式告訴妹妹。或許是妳請她冒充自己參加——不，這個可能性很低。世上不太可能有人會因為不想參加同學會，就叫妹妹頂替參加。這應該是裕里自作主張的行動。裕里很有可能偶然聽妳提起同學會，然後聽到妳說不參加，便偷偷冒充妳去。只要認識國中時候的她，便不難想像她會這麼做。裕里是個工於心計的策士，也是個鍥而不捨的人，然而她自己卻毫無察覺，實在很可愛，但也因此特別棘手。妳一定會想：啊，一定是裕里又捅出什麼婁子了。也就是因為同學會，我和裕里之間發生了某些事。妳應該記得，裕里的初戀情人是我。

這些綜合起來，會是什麼樣的狀況？妳不小心對裕里提起同學會，同時也告訴裕里妳應該不會參加。裕里抓住這一點，居然利用三十年的歲月，冒用妳的身分，頂替妳參加同學會，還寫信給我。我糊里糊塗地把裕里當成妳，回信給她。不知為何，雙方的聯絡管道似乎只有實體書信。而且我會寄到老家，表示有某些不好直接寄到裕里家的理由。是因為不想被她先生看見嗎？信上說我是罪魁禍首、表達同情之意，肯定是發生了某些不方便的狀況。

如果妳能做出這樣的推理，那就是一百分了，但這樣期待未免太一廂情願。但即使無法做出如此完美的推理，至少妳應該會這麼想：

（這到底是什麼狀況？）

其實還有另一個可能性。也就是陰錯陽差，同學會的通知先被裕里拿到的情況。這種情況，妳甚至不知道有同學會，結果妳只能這麼想：

（這到底是什麼狀況？）

這樣就行了。

只要妳把這樣的疑問回覆給我，我已經準備好立刻回信給妳。然後幸運的話，或許妳和我就可以開始書信往來。

這是虛渺的願望。過去我寫了無數封信給妳，卻從來不曾接到妳的回音。我從妳那裡收到的唯一一封信，是大四冬天意外送達的一張賀年卡，僅此而已。

但我萬萬沒料到，妳早已不在人世間，是妳和裕里的孩子讀到了這封信。這徹底超出了我的預想。此外，讀到那封信的她們的感想，也遠遠地超出了我的想像。青少女的想像力，實在不容小覷。

「……這什麼啊？這個人是在跟靈界通訊嗎？他說阿姨會死是他害的耶。什麼意思？他是在招認他是真凶嗎？不過以自白來說，語氣有點太輕佻了。如果他是靈異人士，信是發動靈力的道具什麼的嗎？還說什麼魚雁往返很風雅，很從容嘛。看來不是等閒之輩喔？」

「或許寫信的人不知道媽媽已經過世了。」

相較於颯香，鮎美的判斷很冷靜。

「確實有理，這樣就解釋得通了。」

颯香放下心來，鮎美譏諷地說：

「一般應該都會這麼推測吧？」

「是嗎？可是，那這邊的『這次的事』是指什麼？『這次的事，我該說什麼才好』，這是指葬禮的事吧？」

「是同學會吧？」

「同學會？啊，我也有想到！」

颯香站起來，邊跑出去邊說：「那邊的房間是不是有畢業紀念冊？」

她想起裡面的房間書架有畢業紀念冊。但她怎麼會記得這件事，連她自己都不清楚。颯香是個直覺敏銳的孩子。從裡面的房間挖出來的紀念冊時隔多年，紙頁再次沐浴在陽光底下，颯香兩三下就找出年少時候的我的身影了。

「啊，就是這個人！乙坂鏡史郎！還滿帥的嘛。未咲阿姨是一班，他是二班啊。不同班呢。不過這時候的阿姨，和鮎美簡直就像同一個模子印出來的，像到有點可怕耶。可是這樣的話，表示這個人也是媽媽的學長對吧？去問媽媽好了，或許她知道什麼。」

颯香說，若有所思的鮎美露出靈機一動的表情：

「等一下，這樣就不好玩了。欸，我們回信給他吧？」

「啊，我也有想到！要寫什麼？」

但兩人這輩子從來沒有寫過信。她們向外婆要來信封信紙，討教書信寫法，寫好生平第一封手寫信，幾天後這封信送到了我的手上。打開信箱一看，裡面有兩封信，兩封都沒有寄件人姓名。我直覺一封是裕里，另一封是妳寄的。又厚又沉的信封是裕里，輕薄得令人懷疑裡面空空如也的則是妳。

我先打開裕里的信。對裕里雖然過意不去，但如果先讀了妳的信，我實在沒有心思再去讀裕里的家庭瑣屑和牢騷埋怨。妳的信，我想要先讓心情平靜下來後，再細細品味。

裕里這天的信是：

乙坂鏡史郎先生：

婆婆居然交了男朋友。她們大白天就私下幽會，還去男方家作客。我真是嚇傻了。婆婆最近傷了腰，結果開始寫起情書來，兩人打得火熱。戀愛的渴望，不論任何年紀都是一樣的嗎？教人覺得有點可愛。在婆婆那個世代，一般都是寫信呢。我也開始將手寫信視為理所當然了。這都多虧了你。

遠野未咲

裕里居然說婆婆有點可愛。看來她漸漸掌控了狀況。讀完這封信後，我接著拿起妳的來信——我以為是妳的來信的、輕薄到令人懷疑空無一物的信封。信封十分素淨，有些老氣。就連這些地方，也令我深信不疑出自妳的手筆。拆開來一看，裡面是一張宛如石蠟紙的薄信箋。

乙坂鏡史郎先生：

國中時代真令人懷念。你還記得我多少事？信寄到這個地址就行了。

遠野未咲

內容比想像中的更簡短，坦白說，我感到大為落空。儘管失望，我卻不由自主地一再重讀這些簡短的文字。我一讀再讀，最後終於從這句話找到了未來的希望：

你還記得我多少事？

這是對我的提問。我可以寫下回答。

我不由自主地提筆回信。我面對書桌，對著這段不到十個字的句子，一口氣寫下上千字的回信，寄了出去。

第十章 † 追憶

我還記得妳多少事？……看到妳這個問題，一切種種宛如昨日——不，毋寧比昨日更要鮮明，歷歷在目。我是在三年級的春天轉學到仲多賀井國中的，接下來的一年，是我這輩子難以忘懷的寶貴回憶。對妳來說又是如何呢？妳是學生會長，在那所學校裡，就宛如繆思女神。妳高潔難以欺近，事實上，也沒有任何人敢癡心妄想。妳是孤獨的，而我總有些自負，認為能夠理解妳的孤獨的就只有我。

轉入仲多賀井國中的第一天，我在三年二班的學生面前自我介紹，說我的興趣是閱讀和踢足球。其實這部分我毫無記憶，連是否做了自我介紹都不記得。我的第一個記憶是八重樫。我的座位是最後一排的靠窗座，前面就坐著八重樫，他回頭問我：你喜歡踢足球？應該是我在自我介紹中這麼說，他才會這麼問吧。聽到這個問題，我一定點點頭說「是」了。這部分也記憶模糊。我只記得八重樫的回答：

「是喔？我是足球隊的，你要不要加入？」

他劈頭就拉我進球隊。

放學後，八重樫把我帶到足球隊的社辦，向大家介紹我。八重樫是隊長。接著我被要求參加迷你賽，不小心射球入門兩次，連拒絕的機會都沒有，就成了足球隊的一員。

我在上一所學校也是足球隊的正式球員，位置是前鋒。我們家從我小時候就經常搬家，我的玩伴向來就只有妹妹和愛犬11號。11號是狼狗，最喜歡玩球，我常在公園或空地和牠一起搶球。11號非常擅長搶別人腳下的球，我從來沒有一次搶贏牠。我就是在牠這名名教練潛移默化的訓練下，學到了還不賴的足球技術。上了國中，剛進入足球隊時，就連學長都沒辦法從我的腳下把球搶走。當時足球還沒有現在這麼盛行，沒有J聯盟，日本也還未打進世足賽。在那樣的時代，連搶球的技術基礎都還很空洞，因此我讀的國中的足球水準應該也不值一提吧。與和愛犬11號搶球相比，他們踢起足球就像在跳民族舞蹈。那支足球隊沒有激烈爭球的文化，看在他們眼中，或許我就像個超人。我迅速奪球，盤球閃開數人，接連射球入門。

相較之下，仲多賀井的足球隊就強多了。當時那個年代，體育方面是鄉下的學校比較強，現在不知道還是不是。總而言之，我總算接觸到正式的足球，也極為投入。那個時候，我絲毫沒有想過自己將來會成為小說家。

在我住過的地方，仲多賀井是最鄉下的一處。與都會的學校相比，學業方面難說優秀，但學童們都很自由、直爽、強健，如今回想，我就是在那樣的環境，目擊到都會中所沒有的、不符合都會尺度的、徹底天然純真的人是什麼樣貌。

現在回想，這真的是一件很棒的事。

但要融入這樣的環境，對我來說卻意外地並非易事。八重樫和足球隊隊友、班上同學，每一個都純樸熱心，現在想想，他們都是很好的人。

但是對當時的我來說，實在是有些過於粗魯不客氣了。就好像連鞋子也不脫，直接侵門踏戶一樣。那段日子，也是一段配合那些人，扮演學校風雲人物的歲月，但我內心其實很不喜歡這樣的角色。我意識到自己總是保持一定的距離與他人來往，結果卻讓自己陷入孤獨的境地。我的內心總是一片空虛，部分也是因為正值叛逆期的緣故吧。

對這樣的我來說，感覺只有妳是我的同類。

第一次見到妳時，妳全身上下散發出孤傲的氣息。坦白說，妳和那所學校格格不入。我很驚訝，那所學校怎麼會有妳這樣的人？第一次見到妳時，妳感冒了很久，遲遲沒有痊癒，戴了個大口罩，看不見臉。即使如此，仍掩蓋不了全身上下洋溢的特異氣息。我第一眼見到妳，便成了妳的俘虜。

第一次見到妳妹妹裕里，是什麼時候的事？我有些記不清楚了。裕里是足球隊的經理，所以轉學第一天，八重樫帶我去參加足球隊練習時，她一定也在那裡，看到我踢球的樣子。但遺憾的是，我不記得這件事。對我來說，她只是眾多社團成員的一份子，我會意識到她這個人，是因為從傳聞中得知她是妳的妹妹。至於那是什麼時候，確切的時間點並不清楚。在我的印象中，裕里從一開始就是妳妹妹。

我想方設法從她那裡打聽出妳的事。我記得我問了她許多問題。有一天，她帶了家庭相簿來給我看。也就是說，我還沒有見到妳的盧山真面目，就先看到妳嬰兒時期、七五三參拜[9]、幼稚園入學典禮、小學入學典禮時的照片。小時候的妳也十足可愛，但可惜的是，相簿裡沒有最近的照片。有雖有，但都是遠足的照片、校慶的集合照等等，每一張臉都太小了，看不清楚，反而讓人更渴望一探究竟。那天，我和裕里一起走在路上，妳碰巧騎著自行車擦身而過。妳責備地問妹妹在做什麼，妹妹則向姊姊介紹我。他是轉學生，是足球隊的學長，對這一帶還不熟，所以我在

---

9 在日本神道教習俗中，男女童三歲、男童五歲、女童七歲時要到神社參拜，向神明感謝保佑順利成長，稱為「七五三參拜」。

帶他認識環境——裕里口若懸河，流暢地說出藉口般的解釋，令我大吃一驚。姊姊應該看過好幾次妹妹的這種反應了，充滿猜疑的目光也朝我射來，讓我幾乎當場斷氣。

「你叫什麼？」

「乙坂。」

「乙坂同學……我是遠野，遠野未咲。」

結果裕里突然撲向妳，大喊：

「戴著口罩打招呼，太沒禮貌了！」

然後一把摘下妳的口罩。

那是我第一次目睹妳的玉容的瞬間。

那是超乎想像的震撼。凜冽的瞳眸、優美的鼻形、豐滿的嘴唇、白皙的皮膚、淡粉紅色的臉頰，啊，沒有任何一樣辜負我的期待……

如果我知道讀到這封信的會是小孩子，我應該會避免這樣的描寫。結果我寄出了一封驚世駭俗的信。即使是要寫給妳的信，文字也太拖沓了，重讀之後，我深覺這真是一封自我中心的信。也因為時隔許久又能向妳傾訴，喜悅令我欲罷不能，有些沖昏了頭，但我還是把信寄了出去。

三天後，我收到了回信。

乙坂鏡史郎先生：

來信我開心地拜讀了。原來有過這樣的事，我完全不知情。關於我妹妹裕里，你還記得什麼嗎？

遠野未咲

信件最後又以問題作結。我得到了更進一步書寫的機會。其實這個問題是颯香央求鮎美寫的。她想要多瞭解一下母親的青春故事。如果我預先知道這件事，就不會寫下那樣殘酷的過往寄出去了。對女兒的母親來說，那是可形容為青春殘酷故事的事件。

遠野未咲女士：

我不可能忘了裕里。那個時候我寫了許多情書給妳，追根究柢，也是裕里慫恿我寫的：寫信給我姊怎麼樣？我可以幫你轉交。那個時候很流行女生寫情書給學長，我也曾在放學路上，收到不認識的學妹拿情書給我。但我是男生，完全沒想到情書這個選項，不過我漸漸地難以壓抑滿腔思慕，終於寫了一封信請裕里轉交。我會寫信，有一大主因也是因為有裕里這個信差。

但遺憾的是，這封信石沉大海。是內容不好嗎？是不是應該再寫得更幽默風趣些？我向裕里說出疑慮，裕里也提出種種建議，我們還一起沙盤推演妳的反應，開起作戰會議來。裕里雖然是妳妹妹，但我一直把她當成最好的朋友。

某天，八重樫預定參加學生會的活動，但因為一些瑣事，不克出席，要我代他參加。八重樫是足球隊隊長，但也是三年二班的班長，我就是擔任他的代理。我提前一些抵達，而妳已經到了，正在排桌子準備開會。我也幫忙了。妳還記得那時候我問妳什麼嗎？我問：

「妳讀了我的信嗎？」

妳回答：

「信？什麼信？」

我的腦袋頓時一片空白。

隔天社團活動結束後，我抓住匆匆踏上歸途的裕里逼問她。她坦承了。過去我寫好交給她的信，她一封也沒有轉交給妳。我暴跳如雷。我純粹因思慕妳而寫下的信，對她來說只是一場遊戲嗎？一想到這裡，我真想一拳揍上她那張裝傻的臉，但對方是弱女子，動手就太說不過去了，我按捺下來。

幾天後，這次是裕里追上了我。

「那些信我全部交給我姊了。」

聽到這話，我自然會想要知道下文。

「妳姊怎麼說？」

結果裕里默默地遞出一封信。是妳回信給我了嗎？我興沖沖地當場拆開看了內容。

「乙坂學長：

我喜歡你。請和我交往。

遠野裕里」

我的腦袋再次一片空白。原來這個女生喜歡我？但就算她向我告白，我喜歡的也是她姊姊。這種情況，男生要說什麼拒絕女生才好？我想不出半個字。忽地一看，裕里的眼中浮現豆大的淚水。啊，不得了了，我還沒回答，她已經先哭出來了。如果拒絕，她一定會哭得更慘。我到底該怎麼辦才好？我整個人陷入恐慌。注意到時，只是一個勁地道歉。

「對不起。那個，對不起，怎麼說，對不起。」

這與其說是拒絕，更像是詞窮而脫口而出的、沒什麼意義的感嘆詞，但是聽在裕里耳裡，已是十足的拒絕宣言了吧。她「哇」地放聲大哭，一溜煙就跑掉了。

說到她當時衝刺的速度之快，真是一絕。

裕里一定是想要透過慫恿我寫情書，和我在一起吧。我真是做了殘忍的事。如今回想，一切都是又酸又甜的懷念回憶。妳讀到的情書背後，就是有著這樣的祕辛。啊，為何那個年代，會是那樣地鮮艷璀燦呢？

裕里現在在做什麼呢？已經結婚有孩子了嗎？

妳呢？妳現在在做什麼？

乙坂鏡史郎

第十一章 † 老人

昭子的椎間盤突出遲遲沒有復原。為了避免肌力衰退，她每天努力做著醫院教導的復健體操。唯一的樂趣就是波止場老先生寄來的信。然而不知為何，波止場老先生似乎再也沒有回信了。

難道是一個人在家病倒了？昭子考慮到這種危險性，內心忐忑難安。然而她又無法和任何人商量。看到一個人煩惱的昭子，裕里於心不忍，決定一個人偷偷去偵查波止場老先生的狀況。

從裕里居住的區域徒步約十五分鐘，有個小商店街，穿過小商店街就是老先生的家。門旁的門牌寫著「波止場」三個字。

揿下門鈴，裡面有人的動靜，等了老半天，門終於打開了。出來應門的，就是以前目擊到的那位老人沒錯。

「哪位？」

「您好，我是……我是岸邊野昭子的媳婦裕里。請問您收到信了嗎？一直沒收到您的回信，我很擔心。」

「喔，抱歉害妳擔心了。我跌了個跤，摔斷了手。」

老先生舉起吊著三角巾的右臂說。

「哇，看起來好痛，還好嗎？」

「很不方便吶。連筷子都不能拿。用餐還可以勉強用左手拿叉子應付，但寫字就實在沒辦法了。而且我左腳也不方便。今年真是衰事連連。」

老先生說著，撫摸了一下不良於行的那隻腳。

「原來是這樣啊。真是難為您了。」

「別站在這兒說話，請進吧。」

「咦？啊，好，打擾了。」

裕里順著邀請，進入屋內。她認為鰥夫一個人生活，屋裡一定很髒亂，已經有了心理準備，沒想到意外地整潔。書架上是一整排英文書，讓喜愛閱讀的裕里看了很開心。

「您一個人住嗎？」

「是啊。」

「一個人的話，要整理房間也很辛苦吧？」

「不，我左手沒事，還應付得來。岸邊野女士也很辛苦吧。」

「就是啊，她得了椎間盤突出，好像得休養好一陣子。」

「這樣啊，真教人同情。」

「婆婆收到您的來信，就會變得生龍活虎。但最近都沒您的來信，所以整個人無精打采的。」

「我的手這樣，想寫信也沒辦法。可以請妳拿一下那邊架子上的信嗎？」

望向老先生指的書架，有一疊信封。拿起來一看，都是昭子寫給老先生的信。一定是裕里親自去投遞的信。

「請打開那封信。」老先生說。

「咦？請等一下，這是我婆婆寫給您的信吧？我不好隨便看內容……」

「沒問題的，打開來吧。」

裕里勉為其難地打開來一看，令人意外地，上面寫的是英文。

「這……是什麼？」

「哈哈哈。妳英文好嗎？」

「不太好。上面寫什麼？」

「嗯？來，我看看。」

老先生接過信箋，戴上老花眼鏡，朗讀起來：

「哦，聖米歇爾山是法國西岸聖馬洛海邊上的一座小島，上面有一座修道院，是天主教聖地之一。一九七九年成為聯合國教科文組織的世界遺產。」

「咦？上面真的寫這些？」

「哈哈，我必須批改後寄回去。」

「咦？其他還寫了些什麼？」

「沒什麼。這封信是在介紹聖米歇爾山。」

「到底是怎麼回事？是在學英文嗎？」

「是啊。我以前是大學的英文老師，她也是我的學生之一。之前久違地和學生們團聚，學生開玩笑說還想再上老師的課，我也得意忘形，叫她們隨時都可以來找我，沒想到岸邊野同學真的來了，把我嚇了一跳。都這把年紀了，學英文要做什麼呢？哈哈哈。」

老先生又叫裕里打開別的信。

「這一封又是什麼？」

「這一封是在介紹義大利佛羅倫斯。她經常提到世界各地的觀光勝地，應該是想要去旅行吧。我是很想回信給她，但我的手這樣，心有餘而力不足啊。」

「我來幫忙好嗎？您說，我來寫。」

「噢，真的嗎？那咱們來試試。」

裕里坐到老先生旁邊，老先生遞過來一枝紅筆。

「可以劃掉那裡的either嗎？」

「咦？……啊，好。」

「那裡是both。還有or和and。因為either or的話，意思會變成聖米歇爾山是島或修道院。還有劃掉convent。Convent是尼姑的修道院，但聖米歇爾山是男性修道士的隱修院，所以是monastery，m-o-n-a-s-t-e-r-y。」

「m-o-n-a……」

「m-o-n-a、s-t-e-r-y。」

「s-t-e-r-y……好了。原來如此。這滿好玩的呢。婆婆一定很享受這樣的學習時光。」

「是嗎？哈哈哈。」

「總覺得好想去聖米歇爾山看看了。」

裕里將批改好的信帶回去，在途中買了郵票貼上去，交給昭子。沒蓋郵戳的信件，昭子會注意到這個細節嗎？直接投進郵筒裡，後天應該就會送到家了，但裕里想要盡快把信交到昭子手中。

收到信的昭子一副漫不經心的模樣，但房門一關上，一定會迫不及待地拆封。看到批改的紅字，昭子會注意到筆跡不同嗎？會發現那是裕里的字嗎？即使察覺，昭子也不會跟裕里說什麼吧。裕里也將拜訪老先生家的事保密。

隔天早上，昭子立刻託裕里寄信，裕里沒有投進郵筒，而是在下班後直接送到老先生家。

「呃……波止場老師：謝謝您的關心。腰的部分雖然還有點痛，但已經好多了。老師的傷勢如何？祝您早日康復。那麼，下面的英文麻煩老師批改了。……接下來是關於凡爾賽宮的英文呢。」

「今天是凡爾賽宮啊。要來批改嗎？」

「好！」

「在那之前，先來泡杯茶吧。」

就這樣，老人和裕里再次批改昭子的英文作文。裕里很享受這段時光。不是家庭，也不是職場，在原本不會來的地方，像這樣消磨時間，如此的時光著實罕有。她覺得能坦然地做自己，有種神祕的幸福感。裕里在這裡寫了一封信給我。她一邊寫，一邊對老先生講述與我的回憶。以前我讀國中的時候喜歡一個男生，但他喜歡我姊姊。那個男生寫了情書，叫我替他轉交給姊姊。這部分裕里把自己描述得好似被害者。這是無辜的潤飾。事實上老先生打起瞌睡來，根本沒聽進去，而裕里說了老半天都沒發現。她述說懷念的時光，沉浸在回憶裡，寫下書信。寫著寫著，她忽然靈光一閃：

「對了，老師，我可以借用府上的住址嗎？」

這聲音讓老先生驚醒了。

「咦？什麼？」

「我可以借用府上的住址嗎？」

「啊，好啊，請便。」

「咦？……老師不問要做什麼用嗎？」

「喔，妳要做什麼用？」

「我可以請人寄信到這裡來嗎？或許我的初戀情人會寫信給我。」

老人睡眼惺忪，表情迷迷糊糊，卻忽然笑出聲來：

「主婦真辛苦。」

「咦？」

瞬間，裕里覺得被看透了心思，羞紅了臉。然後她在給我的信件最後寫下老先生家的住址，附註說把信寄到這裡很安全。

我在某間酒吧小酌回家後的深夜時分，收到了這封信。

第十二章 † 小說

《東京海岸》是翻譯家西崎織部在幾年前創刊的小型文藝同好雜誌，我也在上面刊登過一篇短篇。最新一期刊載的葉月一葉的〈沉默的烏鴉〉被提名A文學獎，雖與獎項失之交臂，但因為打入決審，在新宿的居酒屋開了場小型慶祝會。好像邀請了二十人，但參加的只有十人左右。葉月一葉在文藝圈內是小有名氣的作家，也是第二度被提名A文學獎，反倒是《東京海岸》這本無名的同好雜誌出現文學獎候補作品，更可謂是一大壯舉。

這天我提早了一些抵達店裡。作家夥伴森加都也和阿部毬藻已經先到了，正在喝啤酒。他們也倒了一杯給我，我們三個先乾杯。

「我不討厭和作家朋友一起喝酒，但拿文學獎當話題下酒，實在是……酒都難以下嚥了。倒不如說都變成苦酒了。感覺好像被宣告自己的賞味期限已經過了一樣。」

森加都也是小說家，也寫現代詩，得過頗權威的獎，但那已經是二十年前的往事了。

「唉，別這樣說。就算心裡苦，也要笑著祝福同志，這才是成熟的大人啊。」

這麼說著輕戳森加都也的阿部毬藻也是作家。《東京海岸》最新一期刊登了他時隔許久完成的短篇。

「是啊，被宣告賞味期限過了，這比喻是很殘酷，但也讓人重新看清楚自己現在的位置。大家平時都裝作視而不見嘛。而且A文學獎實在是太耀眼了，搬出那種東西來比較，我們身處的地方簡直是一團黑暗，伸手不見五指！不這麼覺得嗎？」

阿部毬藻向我徵求同意。我只能苦笑。老實說，他們兩人說的話，我有著痛切的共鳴。但我的情況，甚至連說出口的勇氣都沒有。

這天的參加者不知為何，沒一個守時。時間過後，遲到的人才一個個姍姍來遲，花了一個小時，才總算等到全員到齊乾杯。

加上今天的主角葉月一葉臨時有事不能來，搞得酒宴氣氛有些糟糕。這場聚會的主辦人《東京海岸》總編西崎織部高亢的笑聲聽起來空洞極了。正當我覺得這種時候應該早早結束回家比較好時，一名女子晚到許久地現身了。西崎織部起身介紹她：

「這位是雜誌《文豪》的編輯萩原奏小姐，是去年的得獎作品《細石》的編輯。」

眾人都正襟危坐起來。每個人都心想：只要能獲得她的青睞，就能一炮而紅。即使不知道她這號人物，每個人都希望能獲得文藝雜誌《文豪》的肯定。席上邋遢懶散的氛圍一下子振奮起來。

萩原奏並不坐下，憤憤不平地說：

「搞什麼，一葉怎麼不在？我要走了。」

她話一說完，掉頭就走。我以為她真的回去了，沒想到她只是去化妝間，很快又回來了。《文豪》的萩原編輯，是有「酒豪」之稱的千杯不醉，她不可能錯過暢飲的機會。奏在離我最遠的位置坐下，眼光朝我一掃。我向她頷首，她也冷冷地點頭。我們已久未交談，但其實是舊識。

「最近怎麼樣？你在寫些什麼？」

阿部毬藻向我丟出話題。

「嗯……很雜。是有很多想寫的題材啦。」

「我想也是，講一個來聽聽吧。」

「一名男子住在大都會的一隅，他一直想要成為小說家，卻遲遲等不到出頭之日。」

「那不是你自己嗎？」

聽到對話的森加都也插話說。結果其他人的耳朵也跟著轉向這裡，害我頓時怯場了。

「唔，也是拿我自己當藍本啦。」

「這樣，然後呢？」森加都也催問。

難以啟齒。但我也覺得這是個好機會。我想聽聽其他作家的意見，評估這個題材行不行得通。或許也是因為酒精催化，我不小心起了這樣的念頭。也有可能是因為看到奏現身，讓我陷入懷念。不，或許我有些沉浸在我認識她的可笑優越感中。

「某天，男子被捲入某個事件。」

「什麼事件？」森加都也問。

「這個事件是根據我最近的真實體驗。」

「果然都是在講自己嘛。」

「嗯……唔，是這樣沒錯啦。」

阿部毬藻輕戳森加都也：

「講自己又有什麼關係？追尋自我，是永恆的課題啊。好了，不好意思打斷，請繼續。」

「好。前些日子有一場國中同學會，我時隔二十年，見到了老同學。」

「是喔……國中同學？」

「對。然後我在會上久違地遇到一個人，我的初戀情人。她以前還當過學生會長，每個人都認識她。然而神祕的是，那個人並不是她，而是另一個人，可是卻沒有半個人發現。」

「我知道了！她去整形變得不一樣了！」

「沒錯沒錯！」

「同學會一定都有這種事！」

「噢？學生會長變成了整型美女？接下來要怎麼寫成故事？」

眾人七嘴八舌地問著，仔細一看，所有的人都加入我的話題了。

「不是的，那真的不是她。因為我知道那個人是誰。」

「是誰？」

「她妹妹。」

「妹妹。」

「沒錯！很有意思對吧？她妹妹怎麼會跑來參加同學會？而且還假冒自己的姊姊，甚至在眾人面前致詞。很謎吧？」

「確實。」

「姊姊老了以後變得像妹妹，這也是有可能的事吧？人的長相是會變的，有些人就是這樣。」

「我沒有認錯。因為我在大學時期，和姊姊交往過。」

全員都沉默了。話題突然跳到大學時期，也許眾人需要整理一下思緒。

「總之，我和她之間有過許多事。到這裡都是真實事件，我在思考接下來要如何改編，寫成小說。」

「未咲……」

奏悄聲喃喃。那聲音很小，但沙啞的女聲一清二楚地傳到我這邊來了。

「未咲？」

「什麼？那是姊姊的名字嗎？」

「萩原小姐怎麼會知道？」

「妹妹叫什麼？」

「慢著，先整理一下好嗎？」

奏打斷眾人連珠炮的提問，說道：

「有一部叫《未咲》的小說，就是他寫的，乙坂鏡史郎的處女作。我讀了以後很中意，刊登在《青空》這本文藝雜誌上。這也是我入行後的第一個成果。」

「那部小說很棒。」西崎織部也記得。「《未咲》拿下那一年的新人獎，書也賣得不錯對吧？」

「銷量慘淡。」

「是嗎？這麼說來，劇情是和前女友的重逢呢。」

「沒錯，交往之後，女友被死黨睡走的故事。」

奏的說法聽起來很不屑。

「天哪！太慘了吧！」

「這也是真實故事改編嗎？」

「我想讀！」

場子沸騰起來，奏一口氣喝光杯中的酒，將空杯重重地叩在桌上。她吐出痛苦的嘆息，狠狠地瞪向我：

「我簡直是失望透頂。你的時間永遠就一直停留在那裡。」

「也不是這樣……」

「還敢說不是！你追逐著《未咲》的幻影，一直困在那裡，所以根本沒辦法寫出下一部作品。都二十年過去了！」

「什麼？你還愛著那個人嗎？」

阿部毬藻問我，但一樣是奏回答：

「與其說是愛著那個人，倒不如說他是被那部小說附身了。就算拿到新人獎，也只不過是業餘水準的小鬼頭寫出來的青澀作文，卻靠它得了獎，就不可一世起來了。有什麼了不起嘛，可是他就是自鳴得意起來。作家這種生物，每一個都像是被渴望受到肯定的怪物附身，各位也都是吧？你們都懂吧？但問題是接下來的作品。不知道要寫什麼、該怎麼寫才好。明明可以寫出《未咲》，明明寫下《未咲》的自己是個天才，現在卻文思枯竭。結果那種垃圾小說就成了他的聖經，女主角未咲成了他永遠的聖母瑪利亞！」

席面整個凍結了。我無地自容。

「啊，受不了，不說了不說了，這種話以前到底說過多少遍了？」

「難道你們以前是一對？」這麼說的阿部毬藻也面色發青。

「誰跟這種人是一對！這傢伙滿腦子就只有未咲！」

我只能苦笑，無法直視奏。我聽著她的數落，眼睛只是盯著膝頭不知道是醬油還是什麼的污漬。

「如果沒有讀到《未咲》、沒有遇到那部作品，一定不會有今天的我。所以我更不甘心了。」奏說。

不知為何，我無法離開，眾人都回去以後，依然坐在原地，兀自沉默地喝著純燒酎。毫無節制地，自暴自棄地。

我踉蹌地跳上末班電車，癱坐在空座位上。刺眼的螢光燈照得我吐出苦澀的嘆息。

回到家一看，信箱裡有一封信。信封是裕里的。我看過好幾次同一種信封。我把信拿回房間。

裕里……為什麼妳總是對我說謊？無論以前或現在，都是。

我拿著信封，倒在床上，就這樣睡著了。

我作了夢。在夢中，我在破解裕里的謎團。那是比《天才雷普利》的主角更令人拍案叫絕的詭計，我心想把它寫成小說絕對會很精彩，興奮地醒來，將內容記在枕邊的「夢筆記」裡。這本筆記是用來記錄夢到的絕妙點子，免得忘記的。雖然它幾乎不曾派上用場，但我確信它就是為了這一刻而準備的。寫下點子後，我放心地再次安睡。

隔天早上醒來，我完全忘了信的事。看到掉在地上的未拆封信封，甚至還納悶那是什麼。

你還記得我妹妹嗎？她是足球隊的經理，跟你也很要好。你好幾次請她轉交情書給我對吧？她一直把信藏起來，沒有拿給我。因為她喜歡你。你是她的初戀。她到現在都還在為這件事後悔，請你原諒她。

還有，你不需要回信，但如果你想回信，請寄到以下地址。有空的話，再回信給我吧……

接下來是一串地址，最後附記「波止場先生請轉交」。我想起學生時期，寄宿的收件住址也是這樣寫。在沒有公寓名稱的租屋處，就寫上房東的姓氏，註明「請轉交」。她現在是什麼樣的處境？跟丈夫吵架，寄住在朋友家嗎？如果是的話，我實在太對不起她了。

我嚴重宿醉，提不起勁去思索太難的問題，卻無法不去尋思這封信的含義。我一口氣喝光冰箱裡的五〇〇毫升碳酸水，讓腦袋重新開機。

當時我的推論是這樣的：

我將鮎美和颯香寫來的信當成妳寫的。那些信是從妳的老家寄來的，信封背面每次的住址都是老家，郵戳也貨真價實是妳老家所在的「仲多賀井」。而裕里寄來的信，特徵是信封都沒有寄件人住址，郵戳也是「泉」，是裕里居住的地區。

從妳家寄來的信和裕里的信，寄件人的名義都是遠野未咲，但我從來不會搞錯是妳家寄來的，還是裕里寄來的。

以此為前提，從這兩星期的書信往來當中，可以看出某個耐人尋味的現象。也就是兩邊的信都在問我記不記得妳妹妹裕里。先是妳家寄來的信這麼問，我寫了回信。應該已經寄到那裡幾天了吧。然後這次裕里的信，也問到我是不是還記得妳妹妹。

裕里沒有讀到我寄到妳家的信——但僅憑這個重複提出的問題就如此推論，還不夠充分。中間也有可能由於某些鬼使神差，像是裕里寄出這封信後，讀到了我先前寄到妳家的信，或是我上次的回信。這樣的可能性也是存在的。

至於我想要驗證什麼，也就是裕里和妳是否有聯絡？我們之間的魚雁往返，不知不覺間構築起不可思議的三角關係。裕里的信是單方面的，但我和妳家的信則是有來有往。那麼裕里和妳家呢？之前我也提過，在這個時間點，我絲毫沒有想到妳家的來信，也就是妳的來信，其實是出自妳們姊妹的女兒筆下。

所以裕里和妳到底有沒有聯絡？還有，這意味著什麼？

想到這裡，我陷入一種似曾相識感。然後我總算恢復記憶，想起昨晚深夜我在爛醉之中在信箱裡找到了這封信。同時也想起我解開了裕里的詭計，將之寫在筆記本的事。

（沒錯，我已經解開這個謎了！）

我急忙翻開枕邊的「夢筆記」。上面以潦草的字跡寫著：

「比《天才雷普利》的主角更令人拍案叫絕的詭計。」

我就是想知道那到底是什麼詭計，上面卻隻字未提。

失望。

但另一道靈光接著閃過腦際。

既然如此，直接去採訪雷普利吧！

第十三章 † 祕密

颯香原以為鄉間生活會很無趣，但幫忙家務等等，其實頗為忙碌，不可思議地度過了都會中所沒有的充實時光。遠野家過去是奉職於伊達藩的武士家族，幸吉的祖父曾是男爵，家世堪稱顯赫。幸吉本身是考古學家，甚至當到東北大學的教授。幸吉的書房塞滿了數量龐大的藏書，白天他總是頭戴耳機，在書房裡使用電腦，看上去是個很時尚前衛的老人。起初颯香以為阿公是在聽音樂，但其實他是在利用朗讀功能，讓電腦為他朗讀艱澀的文章。颯香不禁想像，失去視力，對熱愛閱讀的外公會是一件多麼痛苦的打擊？

外婆純子以前是小學老師，現在以料理研究家自居。後院成了菜園，在沒有翻土的雜草叢生的園子裡種植番茄和萵苣等等。看在颯香眼裡，完全就是外行人湊熱鬧，但純子說，這叫自然農法，是具有扎實論理背景的栽種方法。純子種的蔬果偶爾也會出現在餐桌上，但當地盛產各種農作物，也有直銷所，加上左右鄰居分送的蔬菜，選擇繁多。颯香家也雨露均沾，時常收到各式蔬果，甚至從小就不曾看過母親在超市買菜，但庫存量還是與外婆家天差地遠。在廚房，磨山藥、山葵和生薑是颯香的工作。廚餘丟到後院，回歸大地。這也是颯香的差事。在家的時候，這些都是母親處理，親自動手後，她才深切體會到這些事情多瑣碎。她只需要把食材磨成泥就夠了，但鮎美幫忙純子，做些難度更高的廚房活。有些覺得去超商買就能解決的東西，在這個家卻會花工夫去做。但純子並不把這些事視為麻煩。對外婆的世代來說，這些都是天經地義的事。

「但自己花工夫做出來的飯菜，特別好吃對吧？」

聽到鮎美這麼說，颯香發現確實如此，最近她愛上了自己負責處理的山藥、山葵和生薑。原來如此，因為親手處理，才會愛上它們的滋味嗎？

但這樣的暑假體驗，也逐漸進入尾聲了。

上神峰公園的夏祭，從外婆那時代就已經有了。據說在缺乏娛樂的當時，規模遠比現在更要盛大。孫女們說想參加這場祭典，外婆為她們準備了兩套浴衣。是兩人的母親在少女時期的夏天穿的浴衣。深藍色底的浴衣，分別是繡球花與白牽牛花圖案。

「哪一件是媽媽的？」颯香問，外婆說：

「她們兩個都會交換衣服穿，所以沒有哪一件是誰的概念。這兩件浴衣也是。」

「什麼啊？簡直跟我們一樣嘛。」颯香說。

「是『妳』，不是『我們』吧？」

鮎美訂正說。事實上，颯香總是肆無忌憚地把鮎美的衣服當成自己的穿。

「妳都隨便從人家的衣櫃拿衣服穿。」鮎美挖苦道。

「我不是都有報備說借我嗎？」颯香吐舌頭說。

鮎美讀高三，颯香讀國三，在這個年紀，三歲應該是很大的差距，但對鮎美來說，颯香是老成的都會國中生，對颯香而言，鮎美則是傻呼呼的鄉下高中生，對彼此有著這樣的印象。結果兩人萌生出不分長幼、宛如雙胞胎般的情感。彼此間沒有祕密、無話不說，她們想維持這樣的關係。儘管懷抱著這樣的理想，但若問她們是否能對對方毫不保留，實際上卻相當困難。青春期的兩人之間，或許有著這種彆扭。事實上，鮎美就不太願意談到母親，對颯香來說，鮎美的家庭也充滿了神祕。

颯香自己也有著無法向鮎美坦承的祕密。

上神峰公園的夏祭比想像中的更要熱鬧。外婆說往年比現在更熱鬧，但颯香覺得已經夠了。她無法不好奇，平日幾乎不見人影的鄉下小鎮，到底哪來的這麼多人？和鮎美並肩走在一起，在人群中摩肩擦踵，實在悶死人了。就像尖鋒時刻的電車車廂，或仙台七夕祭的車站前。

換上浴衣的兩個表姊妹重拾童心，吃著綿花糖，享受撈金魚。颯香逐一拍下這些回憶景色，上傳到ＩＧ。

她們也看到許多同年代的朋友，到處上演久別重逢的戲碼。不是結業式以後就沒再見面的朋友、就是上了其他高中的老同學，她們為再會而歡喜，成了點綴暑假的一幕。

但鮎美沒有這樣的重逢場面。颯香覺得很奇怪。

「妳朋友都沒有來嗎？」

「我沒有朋友。我在這裡沒有半個朋友。」

鮎美的回答讓颯香深自後悔。或許她問了不該觸碰的事。可是如此魅力十足的表姊居然沒有朋友，怎麼可能？因為她長得太可愛了？但閃過颯香腦中的種種推理全都猜錯了。

「高中我沒有轉學。」

「啊，對嘛。」

颯香忘了這件事。鮎美在兩年前和母親及弟弟一起搬回外婆家，後來就定居在這裡，弟弟瑛斗轉入當地小學，但鮎美現在仍繼續就讀市內的高中。此地沒有任何鮎美的老朋友。

「所以妳願意留下來陪我，我真的很開心。」

「咦？我派上用場了嗎？」

「當然了。」

聽到這話，颯香稍微鬆了一口氣，覺得內疚減輕了幾分。

「可是暑假就快結束了呢。以後還要再來喔！」

「嗯。」

「一定喔！」

聽到鮎美這話，颯香沉默了。這反應讓鮎美有點嚇到：

「怎麼了？」

「我想再待久一點……」

「咦？」

「我想再多陪妳一下。」

「學校怎麼辦？」

「嗯……或許可以轉到這裡的學校。」

「妳是什麼時候有了這種念頭的？」

「嗯……漸漸就開始這樣想。」

「這樣啊……」

但鮎美無法跟上颯香的想法。

「怎麼樣？不覺得這點子很棒嗎？」颯香說。

「如果真的可以，就太讓人開心了。妳跟阿嬤說了嗎？」

「還沒，可是阿嬤一定會很高興的，阿公也是。」

「嗯……我也不知道，妳問問看吧。」

「嗯，好，我會跟他們說。」

儘管嘴上這麼應，颯香的表情卻不甚開朗。鮎美覺得其中一定有什麼文章。她故意壞心眼地採取有些冷淡的態度：

「咦？颯香，難道妳是因為擔心我嗎？」

「擔心喔？嗯，是啊，我很擔心妳。」

「哎唷，不用這樣啦！妳那樣反而會讓我覺得很沉重耶。不用轉學啦，那麼誇張。跟妳在一起很快樂，可是像週末之類的時候過來玩就行了。」

但颯香完全沒有支持鮎美這個提議。

（啊，一定有什麼原因。）

鮎美如此直覺。

是在學校遭到霸凌嗎？

回到家以後、入夜以後，颯香依然沒有要向外公外婆提起這件事的樣子，並且也沒有要再次和鮎美討論這個話題的跡象。到了隔天、再隔天，也是一樣。平時的颯香總是活力十足，現在卻偶爾表現出若有所思、心不在焉的模樣。仔細想想，或許她從一開始就是這樣了，只是自己沒有發現而已。想到這裡，鮎美覺得對颯香很過意不去。

（是不是該找裕里阿姨談談？）

她如此考慮，但若是無謂地把事情鬧大，就太對不起颯香了，她決定暫時靜觀其變。

同一時刻，我再次踏上仙台的土地。是自從同學會那天以後，時隔短短半個月的返鄉。目的是去找裕里，但我心中還下了另一個決心。是關於這部小說。完成這部小說以後，我要把稿子交給妳，以此為作家乙坂鏡史郎畫下句點。我已經做好心理準備了。

那個時候，我是抱定這種想法的。

我拜訪裕里告訴我的新住址。

仙台市泉區八乙女。

我對八乙女這個地名有印象。忘了是有遠親住在那裡，還是有我父親以前任職的公司營業所，總之就我的記憶，我從來不曾踏進這一區。

「波止場先生請轉交」的住址地點，是坡道途中一戶老舊的獨棟平房。與房屋外觀格格不入的豪華石材門牌引人矚目，上面刻著「波止場正三」這個全名。

我按下門鈴，傳來女人的應答聲後，門打開了。

一看到我，登時瞠目結舌的那張臉，毫無疑問就是裕里。裕里立刻把門關上。

「你、你怎麼會來這裡？」

「妳不是給我住址了嗎？這裡……是哪位的家？」

「啊，我朋友……的朋友……你怎麼可以突然跑來啦！」

「不方便嗎？」

「怎麼會方便！」

「我換個時間再來嗎？」

「不，呃，我這副樣子……你可以等一下嗎？」

裕里說完，留下匆促的腳步聲，暫時離開玄關。我等了一會兒，門再次打開時，那張臉已經上了更濃一點的妝。

「不好意思！讓你久等了！現在怎麼辦呢？那邊有座公園，去那裡坐好嗎？」

「好啊，我都可以。」

裕里正要穿鞋，一名老人從屋內走出來：

「在我家聊吧。」

「咦？」

「不方便被人看到吧？我出門散個步。」

老人說完便離開了。

我和裕里被留在屋裡。

「不好意思，在這種地方、在神祕獨居老人的住處接待你，真不好意思。我去泡茶。」

「不用客氣。」

我暫且在客廳沙發坐下來。

「你讀了信？」

裕里的聲音很緊張，連我都被傳染了。

「讀了，每次都很期待。」

「不好意思，都是些主婦無聊的牢騷話。」

仔細一看，桌上擺著熟悉的信箋和信封。信箋上寫到一半的文章散布著「妹妹」、「裕里」等字詞。原來如此，這裡就是雷普利的祕密基地嗎？

「啊，不要看，不可以看！哎唷，討厭啦！」

裕里驚慌失措地將信箋信封收起來。接著扯開話題似地說：

「啊，這麼說來，那部小說！同學會的時候你提到的，我想不起來了，是什麼小說？」

「我寫的小說，《未咲》。」

聽到我的回答，正要折回廚房泡茶的裕里冷不防整個人定住了。

「《未咲》……？」

「咦？是以妳為主角寫的小說啊，妳有讀吧？應該不可能忘記啊。」

裕里回頭，整張臉都僵了。我終於戳破核心：

「我知道。妳不是未咲。妳是裕里對吧？」

「啊……咦？」

裕里難掩慌亂。

「抱歉，我第一眼就認出來了。從在同學會看到妳的時候。怎麼都沒有人看出來？我覺得實在太好笑了。」

「原來你早就知道了……？」

「而且妳也真的冒充未咲，因為太好笑了，我忍不住順著妳的謊言一起演。」

「你明知道還裝傻？幹嘛不講啦！」

「抱歉抱歉，因為很好玩嘛。」

「幹嘛不講啦！討厭死了！這樣我豈不是像個大騙子嗎？好像我故意在騙你一樣。」

「難道不是嗎？」

「嗚……以結果來說是啦。可是結果變成這樣，和故意這樣做，是天壤之別啊。」

「我不是來怪妳的，因為我也樂在其中，反而很感謝妳。其實我是想要向妳道歉的。我害妳的家庭掀起不必要的風波，真的對不起。」

「不會啦，道什麼歉，都是我不該撒謊。」

「妳為什麼要撒那種謊？我會來找妳，就是想要知道這件事。」

裕里的神情突然轉為肅穆，坐了下來。她身體對著我，視線卻筆直地盯著自己的腳。接著難以啟齒地開口：

「其實……我姊過世了。」

毫無預警地得知妳的死訊，我全無心理準備，無法面對這個消息。或許比得知妳結婚更讓人撕心裂肺。我懷著麻木的心情，聆聽著妳的死訊。我淡漠的反應，似乎也讓裕里感到意外。不，或許只有我自己的世界如此感覺，看在裕里眼裡，我整個人震驚無比。

「咦……什麼時候的事？」

「上個月。七月二十九日。其實我去同學會，是為了通知這件事。可是當時的氣氛實在容不得我開口，結果我什麼都沒說就回來了。」

「她……怎麼會過世？」

「因為生病。」

「生病……什麼病？」

「心病……她得了嚴重的憂鬱症。」

「憂鬱症……」

「她是自殺的，雖然我們對外人說是病死。」

「這樣啊……」

「這是必須隱瞞的事嗎？我實在不懂。」

裕里不甘心地盯著自己的手。窗外射進來的夕陽反光將裕里的臉染成一片紅。裕里低頭時的角度和未咲極為肖似。仔細想想，她們是血緣相繫的姊妹。仔細端詳，也有許多共通之處，像是鼻子和眉毛的形狀、眼角一帶、下巴的線條，像這樣細看裕里的臉，便和往昔大學時代的未咲面容重疊在一起，我不禁眼頭一熱。

「我和未咲讀同一所大學……」

「咦？真的嗎？」

「我們交往過。」

「咦？」

「妳不知道？」

「不知道。」

「我把那時候的事寫成了小說，書名叫《未咲》。我靠這部作品拿了個小獎，後來一直努力寫新作品，卻難以擺脫她的影子。說起來真的很沒用，回過頭來才發現，我都在寫她的事。結果不斷地舊飯重炒，丟臉的是，直到現在，成功出版的就只有《未咲》一本作品。我現在寫的小說，也是關於未咲。原本打算完成後拿給她讀過，我就要封筆了。」

「姊姊去外地上大學以後，我跟她就有些疏遠了。因為她在大學時，形同私奔地跟別人結婚了。」

「是阿藤……阿藤陽市？」

「你知道？」

「嗯，大學的時候發生過一些事。我原本以為他是我們大學的學長，但其實他根本不是我們學校的學生。我到現在還是不知道他到底是什麼來頭。未咲等於是被他橫刀奪愛了。」

「那個人真的來歷不明。也不工作，寄生我姊姊、吸她的血過活。而且還會動粗，聽說他一喝醉就常常打我姊姊。」

「咦！居然有這種事……」

「可是姊姊不會把那種事說出來。結婚以後，她好像遭到嚴重的家暴，長達二十年以上。我們家裡的人卻完全不知道發生了那種事。結果有一天，鮎美跑來我們家——鮎美是我姊的女兒。仔細一看，鮎美居然鼻青臉腫的，眼周像這樣整個黑了一圈。我們嚇壞了，問她出了什麼事？她叫我們救救她媽媽。一開始我們都以為只是夫妻小吵，但過去一看，姊姊憔悴得不成人形。她老公若無其事地讓我們進屋，說家裡沒茶水了，出門去買，然後就這樣人間蒸發了。」

「什麼？」

「到現在還是不知道他消失到哪裡去了。姊姊她……她的人生徹底被那傢伙給毀了。心傷無法痊癒，割腕了好幾次。她不停地自殺未遂，最後在山裡……真教人不甘心。如果姊姊跟你結婚的話……」

打開屋門一看，戶外橘紅色的天空刺眼極了。裕里送我到公車站。

途中有一座小公園，我們看到波止場老先生坐在長椅上。老先生發現我們，笑著揮揮手。我們也頷首回禮。

我在公車站的長椅坐下，茫茫然地望著周圍暮色蒼茫的景色。窩囊的是，我依然無法接受妳已不在人世。

裕里看看公車時刻表，說：

「車子還要五分鐘才會來。」

她在我旁邊坐下來。那張笑容，就像在享受著這一刻。那面容完全是國中時期的裕里。我在國中的時候，殘酷地傷害了這個天真無邪、教人討厭不起來的女生，但那時候我儘管愛慕著妳，是不是也很享受和裕里在一起的時光？我是否珍惜著那一刻？種種時光，全都渺茫地消逝無蹤。我和裕里被給予的時間，就只有短短的五分鐘。

太陽從山的稜線露出一角。那餘暉宛如沙漏般，一點一滴地變小了。

裕里說：

「那部小說已經讀不到了嗎？」

「已經絕版了，應該賣不好。」

我說著，從包包裡取出《未咲》。是我隨身攜帶，用來當做回溯記憶的資料的一本。

「這本送妳吧，只是很破爛了，實在不好意思。」

「哇，真的嗎？謝謝！」

裕里接過《未咲》，開心地端詳書本。這是這本書交到未咲的妹妹手中的決定性一刻。我覺得應該更早交給她的，又緊接著浮現質疑的念頭：是不是不應該交給她？裡頭的故事對裕里來說有些太刺激了。

「裡面有很多赤裸裸的描寫，不過這是小說，別太計較。」

「哇，好期待！」

裕里的反應讓我困惑。

「可是，不是虛構的吧？」

「是啊，幾乎都是事實。」

「太期待了，因為我對我姊的大學生活一無所知。」

我只能搔搔鼻頭，掩飾難為情。書中描寫的並不是什麼快樂的大學校園生活。但也覺得，既然我已得知妳不在人世，或許應該盡量把我所知道的告訴妳妹妹裕里。

「你要回去東京嗎？」

「不，我還想去一些地方看看。」

「做採訪嗎？」

「嗯，我想去未咲以前住的地方看看。」

「那裡已經沒人住了，連建築物還在不在都很難說。你知道地點嗎？」

我是知道地址啦。」

「在一番町對吧？」

「啊，對。」

「我知道在哪裡。以前我寫過信給她。那個住址我背得滾瓜爛熟。我靠著大學時代未咲寄給我的賀年卡，把自己寫的小說寄給她。雖然都石沉大海啦。那時候寫的小說就是《未咲》。」

「這樣啊。」

裕里又看了一下《未咲》的封面，感慨良多地瞇起眼睛。她翻開書頁，一頁頁瀏覽，手忽然停住了。

「這……不是在寫我嗎！」

故事開頭提到一點關於裕里的事。

「抱歉，其實就是寫妳。」

「啊，太高興了。」

裕里天真無邪地開心著，讀起那一頁，眉頭卻逐漸擰成了一團。或許到處都有對裕里來說並不樂見的描寫。

「嗚嗚嗚……」

「就說對不起了。」

「不，沒關係。我很高興。」

裕里闔上書本，表情似乎仍有些芥蒂，卻對我說：

「我不懂小說，可是請你繼續寫姊姊吧。我冒充姊姊寫信，有點覺得好像姊姊的人生還在繼續。只要有人不斷地想著那個人，即使那個人已經不在世上，是不是也算是還繼續活著？」

公車來了。我對裕里的話點點頭，內心卻是愧疚的。因為我已經決定不寫小說了。抱歉。我吞下這句話，跳上公車。窗外揮手的裕里笑容愈來愈小，終至消失。

那模樣與往昔的妳重疊在一起。

太陽落至山的另一頭，西空染成一片鮮紅。貌似母親的婦人牽著幼兒的手，那神聖的身影幾乎令我無法逼視。

啊，妳居然已不在人世了！

深淵般的夜色自東方天際靠近了。

第十四章 † 舊友

隔天都過了中午，我還是無法從站前商務旅館的床上爬起來。思考痙攣，大腦幾乎燒得焦黑，腦中亂成一團。

我再也沒有半點提筆寫小說的力氣了，但我覺得非寫不可，覺得這是我唯一能為妳做的事。我必須行動，繼續進行採訪才行。

三點左右，我總算出門了。我想去妳以前住的地方看看。地址用不著查，也烙印在我的腦中。那個地點從旅館走過去也花不了多久時間。

仙台市青葉區一番町四丁目X－X　一番町雅居

一番町就位在仙台市市中心的正中央。大學時代我從妳那裡收到的唯一一張賀年卡的寄件住址就是這裡，裕里說，妳和阿藤陽市一家四口住的地方，也是一樣的地址。阿藤下落不明。妳帶著一雙子女回娘家後，那裡變得如何了？我想感受一下妳曾經生活的地方的氣息。

拜訪該處後，我一陣啞然。仙台市的市中心居然會有這樣的地方？從「一番町雅居」這樣的名稱，我想像是一幢氣派的公寓，沒想到竟是四層樓的破爛老屋，一派荒廢，感覺根本不是人住的地方。

我沿著樓梯上三樓。每一戶感覺都無人居住。門旁的信箱積塵累累，吐出信箱口的傳單曬得褪色。全是空房，感覺都沒有人住。

妳以前住在三〇四號室。意外的是，只有那裡有人居住的氣息。靠放在門邊的塑膠傘是新的，信箱露出來的郵件也都很新。我好奇起來，抽出那些郵件。裡面有選舉投票通知，住戶的全名躍入眼簾。

阿藤陽市。

彷如禁忌般的名字，讓我差點心臟停止。裕里告訴我他失蹤了，沒想到他居然還住在這裡嗎？到底是怎麼一回事？

冷不防地，眼前的門打開來，重重地撞在我的額頭上。

「啊！對不起！」

開門的人伸出頭來。

「啊，我沒事。」

我踉蹌後退，低頭行禮。

「什麼事？」

開門的是個看上去三、四十歲的女子。一手提著垃圾袋，但圓滾的腹部更引人注意。女子懷孕了。

「啊，不好意思。我是以前這一戶的住戶朋友。」

我將投票通知的信封交給女子。

「我剛好來到附近，覺得很懷念，過來看看。」

女子訝異地看我，接著說：

「是未咲嗎？」

「咦？」

「你說以前住在這一戶的人。」

「妳認識她？」

「不，我並不直接認識。她是我老公的前妻，我只知道這樣而已。」

「妳老公……」

「這個人。」

女子指著投票通知上記載的那個姓名。

「阿藤住在這裡嗎？阿藤陽市。」

「對。」

「什麼時候住進來的？」

「什麼時候喔？不清楚耶。他一直都住在這裡吧。我大概搬進來一年了。他現在去上班，要聯絡他嗎？」

我不好說好，也不好說不，正支吾其詞，女子已經用手機傳訊息出去了。

「要進來坐嗎？」

「咦？不不不……」

「啊，他回信了！他問『誰』？啊，對了，你叫什麼？」

「呃……我姓乙坂。甲乙的乙，土反的坂。」

「我打成『一坂』了。」

「沒關係。」

「他叫你進家裡等。請進吧。」

「啊，這樣啊。」

「請進，今天很熱吧？房間的冷氣不太涼。」

女子催促，我也不能拔腿逃走，無可奈何地進了房間。這是什麼轉折？居然意外地有機會見到阿藤。大學畢業後我就沒見過他。過了二十四年，一切應該都已經是遙遠的過去了，我卻無法壓抑忐忑不安的情緒。

狹窄的住處到處塞滿了生活用品，卻井井有條到近乎詭異。是這名女子整理的吧。在陰暗的房間裡，再無其他事情可做，只好永無止境地整理房間，我想像著她這樣的日常，忍不住將妳的身影重疊上去。

在過去，是妳和孩子們住在這裡。

女子在矮桌旁放上一張座墊，請我坐下，開始備茶。

「太太，請問您叫……？」

「我叫坂江。不用叫我太太。」

「啊，抱歉。」

坂江……這是姓還是名？

名叫坂江的女子一邊備茶，一邊無意識地哼著歌，看起來也像是為突來的訪客感到開心。

囚禁。

這個詞突然掠過腦際。被阿藤剝奪了自由以及和外人的交流，唯一的樂趣就只有為難得的訪客興奮欣喜。我任意想像她這樣的處境，並將妳的境遇重疊其上。

對阿藤這個人，我湧出無法克制的怒意。

「阿藤會……怎麼說，很任性嗎？」
我脫口提出這個問題。
「很任性啊。你也認識他這個人吧？」
坂江說道，露出苦笑。看來他一點都沒變。死性不改。
坂江問我：
「你是做什麼的？」
「我嗎？我是小說家……沒沒無聞就是了。」
「咦？那你是這本書的作者嗎？」
女子從書架抽出一本書，將封面亮給我看。
「對，沒錯。」
那本書毫無疑問，是《未咲》的精裝書。
「我沒讀過，好看嗎？」
我窮於回答。但這本書怎麼會在這裡？阿藤讀過嗎？這部小說也有阿
藤本人登場——是反派角色。如果他讀了，會有什麼感想？黃色封面的書

皮嶄新光潔，就像全新的。他有讀嗎？或是根本連翻都沒翻？這本書怎麼會在這裡？

心臟莫名地劇烈鼓動。

女子查看手機。好像是阿藤傳了訊息。

「啊，他好像想去外面喝杯酒。」

既然如此，只能去見他了。我沒有資格躲躲藏藏。反倒是阿藤不躲嗎？他真的打算見我嗎？

區區一個阿藤，就把我搞得坐立難安，實在太窩囊了。

我重新認清了一件事。

也就是阿藤是我的人生中最嚴重的心理創傷。

女子領著我到附近的店。是國分町住商大樓地下室一家不起眼的酒館。店內最裡面的座位有個男子正在獨酌，他注意到我們，揮了揮手。是比想像中更毫無變化的阿藤陽市。

「那我回去了。別讓他喝太多喔。他一喝醉就很纏人。」

坂江說完後回去了。我回頭重新審視阿藤，他笑著向我招手，態度光明磊落，活力十足。一點都沒變，是與大學時期完全相同的氣場。這是成功者的氣質。這個人應該是天選之人，卻看似糟蹋了這一切。他似乎厭倦、憎恨這個世界，把希望放在來生，虛擲當下。隨著走近，愈形清晰的他銳利的眼力、濃眉、碩大的鷹鉤鼻、自信十足地歪斜的嘴唇、濃鬚，整體氣質都完全無異於過往。

來到彼此伸手可及的距離後，阿藤從容地伸手要求握手。被那隻粗壯的手握住，我的手幾乎要因為恐懼而慘叫。老實說，我好想當場逃走。

「好久不見了！一切都好嗎？」

渾厚低沉的嗓音宛如大提琴。背脊隨之共振，陣陣酥麻。油亮的頭髮散發出濃烈的柑橘香料，直衝鼻腔，令我全身汗毛倒豎。

「啊。」

「怎麼了？」

「啊，沒事。」

「你是來採訪的吧？來找小說題材？我猜對了吧？要喝什麼？先來杯啤酒吧。」

我還沒回話，阿藤就向店員點了兩杯生啤。

「幾年不見了？」

「大概二十年吧。」

「你怎麼知道我家在哪？」

「以前她寄過一次賀年卡給我，上面有住址。」

「是喔？」

「可是，我沒想到你現在也住在那裡。」

「我無處可去啊。」

店員端來啤酒杯：

「久等了！」

「上太快啦，是後場早就倒好，有人點就拿免洗筷攪一攪起泡端過來的，是真的，我看過。來，乾杯，先乾一杯！啤酒不夠冰，包涵一下吧。」

我勉為其難地和阿藤碰杯。就像阿藤說的，啤酒一點都不冰涼。

「我知道，你不是來找我的吧？其實你是來找她，找未咲的吧？結果應門的是個陌生女人，把你嚇了一跳吧？」

「我是來找你的。」

「咦，真不敢當。」

「未咲死了。」

是這個消息令他措手不及嗎？阿藤整個人定住了。

「什麼時候的事……？」

「上個月……聽說是自殺。」

「這樣……。」

「聽說你根本不是我們學校的學生。」

「……」

「你到底是什麼？」

「是什麼……我是那個……」

阿藤一口氣乾掉啤酒，接著將杯裡剩下的燒酎一飲而盡，痛苦地喘了一口氣，想要在椅子上重新坐好，卻失去平衡，兀自踉蹌，整個人摔倒在地。我嚇得當場站起來，店員也驚訝地趕來。

「沒事吧？」

我默默地看著。

「啊，沒事，我沒事。這椅子太小了啦！」

阿藤爬起來，在確實又輕又小的圓椅子上重新坐好。然後拉扯一直站著的我的袖子。

「坐坐坐，抱歉啦。那，說到哪去了？啊？對了，採訪是吧。你想問什麼？哎，坐啦，叫你坐嘛。」

我坐下後，阿藤用濕毛巾抹著髒兮兮的手說：

「怎樣？聽你那口氣，好像她會死掉是我害的一樣。」

「難道不是嗎？」

「沒錯，是我害的，不是你害的。」

阿藤上身前傾，悄聲說。距離近到吐出來的呼吸都吹到我臉上。

「聽好了，你啊，對她的人生半點影響都沒有。我讀過了，你寫的那本小說。什麼『兩人從我面前消失了』？確實，我們或許是從你面前消失了，但我和她從更早以前就一直活在我倆的世界裡，你卻寫下那樣一部自以為是的小說，是怎樣？只會把你自己正當化，你就是被甩了啦，被她給甩了。怎麼，你以為你跟她結婚，就能讓她幸福嗎？只出過一本小說的無名小說家，有辦法讓她幸福嗎？不不不，你甚至稱不上什麼小說家。我說的不對嗎？你就是被她甩了，才會有那本小說對吧？如果你沒被甩，你的人生連那本小說都不會有。也就是說，那本小說是我和她送給你的禮物。是我們施捨給你的人生的偉大禮物。我說的不對嗎？」

我無言以對。阿藤惡意地微笑，喝了口啤酒。嚴峻的表情稍微緩和了一些。儘管不願承認，但他的那種表情現在仍帶有某種魅力。

「我是沒想過要當什麼小說家，但一直想成為一號人物，一定是的。要當滾搖巨星也行、演員也罷，但我只有國中學歷，選擇實在有限。沒有才華，也沒有人脈。我一直很嚮往大學校園。我在學校餐廳的廚房工作，混在上下學的學生裡上下班。這群傢伙搞什麼？毫不費力地就擋住我的去路。就在這時候，我遇到了她。到學校餐廳吃飯的女學生裡面，她鶴立雞群。好，我要搶走她，把她從你們手中搶走。你只是剛好在她旁邊而已，在我的認知裡，我完全不是把未咲從你的手中搶走，而是從你們所有人的手中搶走了她。懂了嗎？我可不是你想的那種小家子氣的男人。」

腦中浮現大學校園，還有他說在廚房工作的學校餐廳。阿藤在那裡觀察我們。我們渾然不覺地在那裡吃飯、談笑、訴說煩惱、聆聽煩惱，這些種種回憶，就好像被他一口吞下，胡亂咀嚼一通。

寒顫。作嘔。

把他當成朋友一同度過的許多夏日。妳被奪走的那一天。《未咲》裡描寫的就是這樣的時光，我一直以為裡面所寫的就是全部，然而如今得知他的動機，發現他所布下的羅網竟是如此之深、如此之陰險，令我不禁愕然。這豈不是掉進雷普利圈套的迪基的翻版嗎？但這個雷普利對迪基半點興趣都沒有。對這個雷普利來說，我只不過是往來校園的雜沓人影之一。

全身血液彷彿流光，冷顫竄遍全身。

阿藤繼續述說自己的人生故事，彷彿連我就在他面前都無關緊要。

「可是啊，實際搶來一看，她真是個無聊女子。只會用驚恐的眼神看我。是啦，有時候我是會動手動腳。我們有兩個孩子，這兩個孩子也用純潔無瑕似的眼睛看著我。被那種眼睛盯著看，我真覺得自己是個骯髒污穢、爛到了極點的人渣敗類。這裡可是我家呢！不想待就滾出去啊！滾出去啊！結果最後是我自己逃出家裡了。我到處遊蕩了一陣子，大概過了一個月吧，回家一看，居然人去樓空，半個人影都不見。我忍不住質疑一直以來我到底都在做什麼？這是我的家庭吧？家庭是什麼？我不是應該要疼老婆、疼孩子，好好照顧他們嗎？剛才你不是也說了嗎？說什麼去了？『你到底是什麼？』一直想成為一號人物的我，自己選擇了一事無成。我不是丈夫、不是父親、沒份像樣的工作，把一切怪罪別人，明明這終歸是我自己的人生，我到底是在搞什麼？哈，你說現在的女人嗎？她叫坂江，名字一點都不可愛對吧？土反坂，江河的江，這可不是姓，而是名字呢。她爸媽到底在想什麼，怎麼會給女孩取這種名字呢？會這麼想對吧？人說名表其人，她就是箇中翹楚。她就像個無底沼澤，跟她在一起，根本別奢想什麼幸福。可是對我這樣的傢伙，配這種女人才是剛好，才穩當。說穿了我就是躺在沼澤深淵的泥濘裡睡大頭覺的大鯰魚吧。她不是懷孕了嗎？我也實在學不到教訓，就愛重蹈覆轍。從她的兩腿之間，一定又會生出天真無邪、天使一樣的孩子來。你也勸勸她吧，說跟這種男人在一起不會有好下場。啊？不過別看她那樣，其實她比我還可怕呢。一生氣就會抓東西亂丟一通，房間裡的東西有什麼丟什麼，還會踹人。你看看這瘀青，都是被她砸的。她說她以前練過空手道。像我，只有挨打挨踢的份。我成天提心吊膽，擔心哪天可能會被她宰了呢，哈哈哈。可是啊，現在我還滿認真在工作的。做大樓清潔員。大樓裡一堆衣冠楚楚的廢物不可一世地來來去去，但都跟我無關了。我要過我自己的人生。我再也不迷惘了。這就是我的人生！不是讚透了嗎？酒美味，菸草香，夫復何求？很有意思對吧？

啊？你再寫小說吧，寫續集吧。不過接下來可沒有你出場的份。這回不能用你的第一人稱寫，你行嗎？哈哈哈。很棒的採訪對吧？這裡你買單。」

我被名為阿藤的毒素所侵蝕，動彈不得。不意間，淚水滑下臉頰。這是為了什麼而流的淚？我自己也不明白。冷不防地，阿藤一巴掌摑上來。阿藤打了我一記耳光。我驚愕地看向阿藤，他的眼中洋溢著溫情。

慈悲，這個詞浮現腦海。阿藤以這樣的眼神訓誡地說：

「你不可能寫得出來。不好意思，一個人的人生，不是你那種不入流的作品有辦法描寫的。」

我趁著阿藤去洗手間的時候，將一萬圓鈔票丟在桌上離開了。結果是我逃走了。明明也沒喝多少，卻在路上大吐特吐。腦中浮現「慘敗」兩個字。我輸了嗎？輸給什麼？背後傳來喊我的聲音：

「乙坂先生！」

回頭一看，一個蹲在電線桿旁的人影站了起來。夏季薄裙透出路燈的光，輕柔地飄起。

是坂江。手上拿著一本黃色的書。是《未咲》。
「可以請你簽個名嗎？」
她是為了這個目的特地等在這裡？我的簽名有什麼價值？
「這本書好看嗎？」
該怎麼回答才好？
「好看。」
我這麼答。
「真的嗎？」
「如果我不說它好看，就沒有人會稱讚它了。」
「我會讀讀看。」
「是妳情敵的故事欸。」
「真的嗎？那我要讀。」
坂江注視著我的眼睛，總有些空洞、有些蠱惑。
「我讀了一點，前面的地方。」

「怎麼樣？」

「嗯……總覺得幾乎都是在講自己的事。」

「我寫的東西，都是我自己的事啊。」

「你不會採訪別人嗎？」

「會啊，但不管寫什麼，結果還是會變成自己的故事。」

我在書的扉頁寫上自己和她的名字。

「是喔。可是這樣最好吧？因為寫別人的故事也很無趣嘛。啊，我的名字是坂江，土反坂，江河的江，一點都不可愛對吧？不過聽說這是希望我可以活得像流過山坡的河流。我媽說，平地的河水會腐臭，所以希望我活得像奔騰有活力的流水。我也不是很懂，不過滿感人的對吧？」

和她道別，來到大馬路時，下起雨來了。我沒有撐傘，一路走回旅館。我回想起大學時期，和妳兩個人淋成落湯雞回家的夜晚。

好想見妳。如果能見到妳，我死而無憾。

第十五章 † 靈異

我仍然為妳的死而崩潰，阿藤的話又如同一把利刃，邪惡地刺入，在我的體內絞動。我有什麼資格寫小說？以前又有這樣的資格嗎？我如此負面地自問自答了一整晚。阿藤的話也有一番道理。說起來，我根本沒有資格或能力評價或批判別人的人生，然而我卻宛如這個故事的當事人之一，占據唯一的敘事者位置，這豈不是一種驕慢嗎？

如果妳的死能稱為一起事件，那麼這起事件是發生在遠野家與阿藤家之間，我不過是個湊熱鬧的旁觀者。站在這樣的立場，我要如何將之整理、寫成一篇有說服力的故事？即便能夠，它又有什麼價值？

簡而言之。

人經常搬出「簡而言之」這個詞。人都想要經過歸納的重點，但是在經過歸納的內容裡，還能有所謂的真相嗎？將有生命的事物曬乾磨粉製成藥丸，還能算是有生命的嗎？

世上有比生命更有價值的書籍嗎？

我沒有答案地反覆自問自答著，沉陷在強烈的憂鬱煎熬中，癱在商務旅館的床上，連挪動身體都懶了。

不只是我，妳身邊的人們，也都因為妳的死而遭受到不同程度的打擊吧。就連阿藤也不例外。如果我沒有把妳的死訊告訴他，他應該也不會那般熱切地述說自己的經歷吧。

一想到這裡，我又想像妳的孩子們的失落會是多麼地巨大。喪親之慟實在是太深太重，而且來得太突然，孩子們甚或無法好好地自覺到他們所感受到的悲慟與痛苦。

裕里回家後，阿波開心地撲了上來。是在要求帶牠去遛狗。聽到昭子的叫人鈴，裕里前往颯香的房間，昭子連燈也沒開，坐在床上等著裕里。
「媽，怎麼了？」
「瑛斗在嗎？」
「好像不在。是跟朋友出去玩了嗎？我帶阿波去遛狗。」
裕里說著，覺得昭子似乎有些不太對勁。
「怎麼了嗎？」
「剛才他還在客廳跟朋友玩，可是後來吵了起來。」
「吵了起來？」
「我只聽到聲音，不太清楚，他們好像在玩錢仙。妳知道錢仙嗎？」
「啊，我知道。他們好像會玩那個呢。」
「他們玩著玩著，就吵起來了。大家好像生氣地回家了，但我注意到的時候，家裡已經變得空蕩蕩的。這時間瑛斗應該要帶阿波去遛狗對吧？我本來以為他去遛狗了，可是沒多久阿波跑到房間來找我。咦，阿波你怎麼在家！咦？阿波，瑛斗跑去哪裡了？我這樣問阿波，可是阿波也沒辦法回答我呢。阿波也是看到遛狗時間到了，屋子裡卻沒人，所以希望我帶牠去放風吧。牠跑來房間好幾次，可是我腰這樣，也沒辦法帶牠出去。」

昭子的說明散漫無章，但簡而言之就是瑛斗不見了。裕里擔心起來。昭子說的吵架，也令人掛意。

「我那老伴是因為腦梗塞過世的對吧？」

注意到的時候，昭子竟脫線說到宗二郎過世的父親去了。裕里心不在焉地聽著，昭子說：

「怎麼會問起這種事呢？很奇怪對吧？」

裕里摸不著頭緒：

「咦？什麼意思？」

「喔，就是問我那老伴是怎麼過世的。」

「誰問的？」

「就瑛斗啊。」

「什麼時候？」

「就昨天啊。妳到底有沒有在聽人說話?」

「抱歉,我在想他去哪裡了。他怎麼會問公公如何過世的?」

「我哪知道?我說是腦梗塞,他就問為什麼人會死?就算問我,我也只能說那是老天爺決定的,輪到就會死了,結果他就問,那自己死掉的人會怎麼樣?我忍不住想:啊,這孩子還在為了母親的死難過……」

昭子的聲音哽住,說不下去了。昭子那知道自己姊姊死因的口吻,讓裕里有些不知所措。是宗二郎告訴母親的嗎?如果因為這樣,昭子才能第一個察覺瑛斗的異狀,她早該主動好好說明才對。想到這裡,裕里有些後悔。聽到昭子的啜泣聲,阿波擔心地跑來查看。

「要不要打他的手機?」

裕里從皮包取出記事本,上面應該有瑛斗的手機號碼。

「我知道他的手機。」

昭子伸手拿起枕邊正在充電的手機。

「應該直接打電話給他呢。看我,真是糊塗。」

昭子把手機按在耳邊，等待瑛斗接電話。裕里也屏住呼吸。某處傳來鈴聲。是宗二郎的書房。裕里跑到鈴聲傳出的地點。瑛斗把宗二郎書房的沙發當成自己的床，平常連衣服也不折，T恤和襪子亂丟，都要裕里收拾，這天卻不知為何，衣服折得整整齊齊疊放著，最上面擺著瑛斗的手機，在陰暗的暮色中閃爍著燈光，發出鈴聲，對昭子的來電做出反應。

狀況緊急。

「我帶阿波去遛狗，順便找瑛斗。」

裕里對昭子交代說，帶著阿波出門了。

她找過附近的公園，但不管怎麼找，都沒看見貌似瑛斗的孩子。太陽隱沒在山背，夜色逼近了。

裕里照著記事本上的住址，拜訪加藤兄弟的家。她目送過加藤兄弟回家，但這是第一次登門拜訪。按下門鈴，應門的是貌似母親的婦人，臉和那對兄弟簡直就像同一個模子印出來的。裕里在玄關說明狀況，加藤兄弟似乎從氣氛察覺狀況非比尋常，也從房間出來了。

「聽說瑛斗不見了，你們知道他去哪裡了嗎？」母親問，兩人默默搖頭。但很快地，其中一個猛然想到地說：

「上神峰神社呢？他有時候會去那裡拜拜。」

「上神峰神社？在哪裡？」

裕里問，加藤兄弟之二說：

「就在這附近，我帶阿姨去。」

裕里向母親借了這對小兄弟，請兩人帶路。

上神峰神社是公園後方的小神社。裕里沒怎麼留意過，不過是她常走的路上會看到的神社，但她不知道叫這個名字。母校仲多賀井中學附近也有上神峰公園，就是鮎美和颯香去參加夏祭的公園。那座公園也有神社，但那裡的更大，春季櫻花開得很美。裕里只知道這些，但若要補充說明，那座神社叫上神峰大社，是這些小神社的總本社。本堂後方是一座雜木林覆蓋的山，叫上神峰山，也是裕里的姊姊過世的地點。

加藤兄弟說，瑛斗經常來這裡，召喚過世的母親。

「召喚？」

「透過錢仙和他媽媽說話。」加藤兄弟之一說。

「錢仙說，他媽媽過世的是別的上神峰的靈異地點，仙台好像有十幾個叫上神峰的靈異地點，只要拜完全部的地點，就可以見到他媽媽。」

加藤兄弟之二解釋。

「可是錢仙是騙人的，今天他也玩錢仙失敗了。」

裕里想起昭子說他們在玩錢仙的時候吵架了。

「你們今天怎麼會吵架？」

「他媽媽不是因為憂鬱症死掉的嗎？所以我們就問會不會寫『憂鬱』的漢字，說你媽是憂鬱症死掉的話，她應該會寫才對，然後試著用錢仙召喚他媽媽來寫，可是他媽媽不會寫漢字，只會用片假名拼音。」

「大家笑說你媽怎麼連自己的病名都不會寫，他就暴怒撲上來，大家就教訓了他一頓。」

「大家聯手按住他，輪流彈他的額頭。」

「彈額頭不會讓人記恨，很不錯的。」

「不過其實錢仙根本就是假的，什麼拜完全部的靈異地點，就能見到母親，他真的是發神經了。」

「哎，他媽媽才剛過世，很可憐嘛。我們也是懷著這樣的心情配合他的妄想，但暑假結束以後就見不到他了，有點擔心呢。」

在自己不知道時，居然發生這種事。裕里似乎窺見了瑛斗內心受創之深。送加藤兄弟回家後，先回家一趟，一打開門，出現擔心的宗二郎。

「我聽說了，瑛斗不見了？」

「就是啊，怎麼辦？要報警嗎？」

「是啊，應該要報警。」

「你報啦，你有手機。」

宗二郎拿出手機，撥了一一〇，說明瑛斗的名字和相貌，掛了電話。

「接下來只能等了嗎？知不知道他會去哪裡？」

「也不是完全不知道。」

「哪裡？」

「雖然不是百度參拜[10]，但那孩子好像在參拜靈異地點。」

裕里把加藤兄弟告訴她的內容轉述給宗二郎聽。

「原來如此，那他有可能在其他神社。」

「有這個可能。」

宗二郎立刻上網搜尋，發現仙台市內有十八所同名的神社。神社也有官網，但上面只說能保佑生意興隆和交通安全，似乎沒有瑛斗所期待的那種能力。徒步範圍內有四所神社。

裕里和宗二郎帶著阿波出門了。宗二郎打電話到警局，說明人有可能在上神峰神社。兩人徒步尋找的神社沒看到瑛斗，但接到警方聯絡說在其他神社找到瑛斗了。看到坐在站前派出所椅子上、頭垂得低低的瑛斗，裕里差點要當場飆淚。

10 百度參拜是一種日本的民間信仰，為了祈求心願實現，參拜同一所神社寺院一百次。

「你在搞什麼！害我們擔心死了！」

裕里說著，緊緊地抱住瑛斗。瑛斗沉默不語。

回到家後，裕里把瑛斗帶去颯香的房間，向昭子報平安。瑛斗始終低著頭，一副不想和任何人說話的樣子。他洗完澡從浴室出來，頂著一顆濕答答的頭，倒在書房沙發上，就這樣一動不動了。裕里探頭看，眼睛是張開的。裕里在旁邊坐下來，撫摸瑛斗的肩膀：

「見到你媽了嗎？」

瑛斗沉默。

「沒事的。你媽一直陪在你身邊，守護著你的。」

結果瑛斗以意想不到的速度反駁：

「她才不在。」

裕里啞口無言，只有撫摸肩膀的手仍無意識地動著。

「她根本不在。」

裕里停下手來。瑛斗的體溫擴散到整個手掌。忽然間，這段話自然而然地脫口而出：

「她在的，在我的心裡。她留下了好多的回憶。」

裕里再次撫摸瑛斗的肩膀。

「她也在你的心裡吧？你媽一直都在你的心裡。」

古怪的聲音響起，裕里知道瑛斗哭了。姊姊死後，裕里第一次看到瑛斗哭泣。她轉念又想：不，或許在自己不知道的地方，瑛斗已經流下了數不清的淚水。只有瑛斗自己知道。

不……姊姊也知道。姊姊是不是一直在旁邊守望著這樣的他？現在是不是也在照看著他？然後是不是為了丟下孩子一個人離開而後悔萬分？

裕里哭了。哭得比瑛斗還要慘，把聽到聲音跑來的宗二郎都嚇到了。

這時裕里下定決心了。她決定要和瑛斗一起住。不能拋下傷得這麼深的孩子。深夜時分，她向宗二郎提出這件事。

「我也在考慮這件事。」

宗二郎說。

「那就這麼決定了！啊，太好了！」

「還有一件事……」

「什麼事？」

「妳快點買手機吧。」

「咦？」

「很不方便吧？」

「很不方便啊。」

「快點買支新的吧。」

「好。謝謝。」

「不，我才是。對不起。」

「哪裡，我才是。」

就這樣，裕里總算從丈夫那裡得到了買手機的許可。宗二郎說：

「不過……原來妳會順從我的意思，令人意外。」

「咦？」

「我以為妳會不甩我，自己跑去買手機。」

「啊，說的也是呢。還有這招嘛。」

「什麼？妳都沒想到？」

「總覺得怎麼說，意外地還滿好玩的。」

「好玩？」

「很多事啦。」

如此這般，夫妻間的爭吵落幕了。

隔天早上吃早飯時，宗二郎問瑛斗：

「我說，暑假結束以後，你要不要暫時住在這裡？」

「那我姊呢？」

瑛斗反問。裕里和宗二郎對望。他們完全沒有討論到鮎美要怎麼辦。

「你姊當然也可以一起搬過來！」宗二郎說。

「對啊，當然跟你一起。」

「可是颯香也會回來吧？那樣房間就不夠了。」

「總有辦法的。」

「那樣阿公跟阿嬤就只剩下兩個人了，他們會寂寞的。」

瑛斗看得比兩人更要寬廣多了。

「哎……也不是急著現在就要決定的事，你就考慮看看吧。」

裕里說，望向宗二郎。

「是啊，我也會再想想。」宗二郎說。

「我要回去。」

瑛斗說。

「我擔心我姊，她沒有我陪著不行。」

瑛斗與昨天判若兩人，令兩人不知所措。瑛斗更進一步說：

「還有，我有個請求，請把阿波送給我。牠跟阿索分開太可憐了，讓牠們在一起比較幸福。」

裕里不好當下答應。媽會怎麼說？

「我已經打電話問過阿嬤了，阿嬤說好。」

裕里和宗二郎傻住對望。

但不管怎麼樣，看到瑛斗毅然決然的表情，兩人都放下心來。儘管不清楚緣由，但瑛斗決心往前跨出一步了。

裕里當天買了新手機，第一個傳訊息給宗二郎。

「我買了手機了。多指教。」

結果宗二郎傳訊息來：

「瑛斗真是讓我跌破眼鏡。小孩子長大的速度有時候實在太驚人了。」

裕里回覆：

「他一定不會有事的。」

收到回覆：

「我們一起守護他吧。」

裕里回覆：

「沒問題。」

用指頭輸入文字，讓裕里有股奇妙的真實感：啊，我又有手機了！

第十六章 † 信件

我鼓足幹勁準備撰寫最後一部小說，回到仙台，卻意外得知妳的死訊，更因為見到阿藤，甚至無法回到正軌了。被阿藤徹底摧殘的自尊心，實在難以輕易恢復。同時關於妳的死，我仍然無法確實地反應過來，對此毫無真實感，就像不停地吹著再怎麼吹都無法膨脹的破洞氣球。但如果氣球不膨脹，我的小說連一行都寫不出來。

我為了這樣的糾葛煩悶不已，卻也無法毫無期限地悠哉採訪下去，遂做出暫時返回東京的結論。先冷靜一下腦袋，再重振旗鼓吧。我懷著這樣的想法辦了退房手續。

我前往車站新幹線的售票口，但時值暑假尾聲，入夜前指定席都沒有空位了。我先買了晚間的班次，進入咖啡廳。突然空出了半天時間。我想起國中校舍最近就要拆除，想要趁著母校消失前，將它烙印在眼中，便搭上前往仲多賀井的公車。

久違的仲多賀井是個毫無特色的地方小鎮，小時候的老房子與現代風格的建築物交錯林立。但對我來說，這裡是無可取代的聖域。

父母搬到八木林後，我就沒有機會再回來，算一算已經十六年了。其實自從十八歲以後，我就再也沒有見過母校仲多賀井中學。最後一次來，是我即將前往橫濱讀大學，一樣是想要再見母校一面，而來到這裡。

再次面對的母校早已面目全非，成了廢墟。氏家老師在同學會上播放的幻燈片，還有裕里寄給我的照片，都是一副廢墟景象，但或許照片上的那些仍然多少受到了美化。眼前的校舍那毫不留情的腐朽破敗情狀，近乎衝擊。我一時難以將眼前的廢墟與記憶中的校舍重疊在一起。而且由於時值盛夏，叢生的雜草吞沒了一半的校舍，更形荒廢。

大門甚至沒鎖，可以輕易入內。從長廊進入校舍的門不知道跑哪去了，整條走廊一覽無遺，沙塵與落葉長驅直入，每踩一步，都留下清晰的腳印。我沿著走廊觀看各間教室。課桌都不見了，連黑板都被拆除，徹底變了副模樣，一點都不像學校。我甚至懷疑起這裡真的是我以前就讀的學校嗎？但習慣之後，真的很奇妙，過去的記憶填補了種種空缺，與確實曾在這裡度過的時日同步起來。

我在樓梯平台停下腳步。

我就是在這裡被妳叫住的。

自從情書那件尷尬的事以後，我再也無法和妳們姊妹倆交談，對於裕里，不管是在社團教室遇到，還是在走廊擦身而過，我都避免和她交談，卑鄙地別開目光逃離。我幾次察覺裕里有時會露出怨恨的、幾乎要哭出來的樣子。但至於妳，對妳而言，我原本就只不過是妹妹的學長，幾乎不曾交談，因此即使偶然擦身而過、或是我倉皇別開目光，妳都逕自從我眼前走過，彷彿全然沒有發現有人在那裡、彷彿我們不存在於同一個世界。因此那天妳叫住我的時候，我意外極了，真的以為心臟要停了。

那是三月初的事。高中入學考已經結束，只剩下畢業典禮等著我們。
那天放學後，我正走向鞋櫃區。校舍裡幾乎沒有半個學生了。我跑下樓梯的途中，背後傳來叫住我的聲音：
「哈囉，不好意思。」
回頭一看，妳站在那裡。
「我想請你幫個忙，有空嗎？」
妳遞給我一張稿紙。上面用鉛筆寫了篇文章，到處都有劃掉及塗改的痕跡，看得出作者的嘔心瀝血。
「這是畢業生代表的講稿，但我怎麼寫就是不滿意，你可以幫我嗎？」
這是個意外的請求。
「為什麼找我？」
我不由得要問。
「因為你作文寫得很棒。」
「哪有？」

「真的。」

「從來沒有人這樣說過。」

「那些信不是你寫的嗎？」

「妳讀了？」

「全都讀了。是你自己寫的吧？」

「對。」

「文字很棒。」

我心慌意亂。心臟怦怦亂跳，臉一定也漲得通紅了。

就這樣，我協助了妳的畢業典禮答詞。我們腦力激盪，文字轉化的過程，是無比幸福的時光。文章大致完成後，妳在我面前朗讀。一字一句，我到現在都還記得一清二楚。妳當時的聲音，現在也還留在我的耳中。

那充滿回憶的樓梯平台，現在也覆滿灰塵，牆面斑駁。

我走下樓梯，來到走廊時，忽然聽到人聲。人影晃過眼角。是兩名少女。

我覺得那是妳和裕里，大吃一驚。

人影似乎注意到我，消失後再出現在走廊，朝我看來。然後大叫：

「阿索！」

突然間，有東西從旁邊竄過。是一頭巨大的白狗。那條狗筆直地衝向兩名少女，歡鬧起來。那兩名少女不是幻影，不管怎麼看都是妳和裕里，我情不自禁地跑了過去。她們兩個當時有何感受呢？畢竟有個陌生男子突然從廢墟的學校走廊直奔而來，如果沒有大狗當護花使者，她們或許會嚇得當場拔腿就逃。兩人安撫著大狗，露出「有什麼事？」的表情。那兩張臉真的不管怎麼看都是妳和裕里。

我是在作夢嗎？

我真心如此懷疑起來。

「呃……請問妳們是？」

我說出口的剎那，與妳一模一樣的少女揚聲驚呼：

「咦？難道你是鏡史郎先生？」

我倒抽了一口氣，連聲音都和妳一模一樣，而且她認識我。這種事只可能發生在夢境。少女重複我的名字：

「你是乙坂鏡史郎先生對吧？」

「呃，對。」

「果然！我是未咲的女兒鮎美。」

旁邊長得和裕里一模一樣的女孩接著說：

「啊，我是裕里的女兒颯香。」

兩人自稱是妳和裕里的孩子。即使聽到她們這麼說，我一時也搞不清楚狀況。但如果是妳們的女兒，會如此相似，也是難怪。但這超越時空的偶然邂逅，是怎麼一回事？

「妳們怎麼會在這裡？」

「沒有為什麼，我們就住在附近。」鮎美說。

「妳們住在附近？」

「對。現在住在外公外婆家。」

感覺腦中的拼圖逐一拼湊成形。

「原來如此，是這麼一回事啊！啊，因為妳們真的跟未咲還有她妹妹裕里長得一模一樣！」

鮎美和颯香相視苦笑。

「不過未免太像了，我還以為我穿越時空回到過去了。可是妳們怎麼會知道我？」

「對啊！妳怎麼會知道？」

這對颯香來說似乎也是個謎。但鮎美沒有回答這個問題，突然向我深深低頭：

「我假冒我媽媽寫了信，對不起。」

颯香也急忙跟著行禮道歉：

「對不起！」

又一個謎解開了。也就是我一直以為是妳寫的信。這是從裕里那裡聽到妳的死訊以後，一直令我耿耿於懷的謎。如果不是妳寫的，那麼那些筆跡和文體也並非裕里的信，又是誰寫來的？沒想到竟是妳們的孩子們。

「其實……我媽媽上個月……」

我忍不住打斷鮎美的話：

「未咲的事，我從裕里那裡聽說了。」

「我媽？」

颯香有了反應。

「嗯。」

「這樣啊。」

「只是回信給妳們的時候，我還不知道這件事。如果知道讀信的是妳們，我就不會那樣寫了。」

「咦？信很有趣啊。雖然媽媽滿慘的。」

颯香看起來天真無邪地享受著神祕的書信往來，但鮎美的口吻有些保留。鮎美不知道在想什麼，說要帶我去外公外婆家。

「請你來看一下我媽媽吧。」

我在兩人與阿索的帶領下，經過懷念的上下學路線，走到妳的老家。這不是我第一次看到妳家，但從來沒有進去過。是妳生長的家。過去鮮豔的紅色屋頂已經褪色不少，門上貼著寫有「忌中」二字的和紙。

「今天阿公阿嬤要到傍晚才會回來。請進。」

我穿過玄關。

家中隱約瀰漫著線香的氣味。她們把我領至屋中深處的房間，那裡安置著妳的骨灰罈和遺照。遺照裡的照片很年輕。是高中時的照片嗎？

「媽媽只有這麼年輕的照片。我和弟弟也沒有半張小時候的照片。」

鮎美說，點燃蠟燭。我拿起香，將前端伸至火焰上。一縷清煙如細小的白蛇般升起。我插上香，閉目合掌。

「媽媽是自殺的……」

鮎美的聲音顫抖著。

「咦？」

颯香驚呼。她似乎不知道這件事。

「在上神峰的山上。我去的時候，已經送到醫院，沒有呼吸了。家裡隱瞞媽媽自殺的事，對外說是病死。因為媽媽病了很久，所以才那樣說吧。阿嬤說自殺給人印象不好，可是我覺得這樣好像在怪媽媽做錯了事一樣，我不喜歡。明明媽媽一點錯都沒有。」

鮎美以那與妳肖似難辨的聲音述說著妳的死。她想要維護妳的尊嚴。感覺就好像我在面對妳之前，妳就已經身在此處。

「對不起。我第一次跟別人說這件事。」

「不會……。」

我再次望向妳的遺照。

「可以暫時讓我一個人嗎？」

兩人默默地離開房間。

我總算與妳面對面了。經過二十四年的歲月之後。但妳已經不在這個世上了。我怎麼樣都難以接受這個現實。

我伸出顫抖的手，放在妳的骨灰罈上。存放骨灰罈的盒子表面貼著銀色錦緞，觸感堅硬粗糙而冷漠，就像在拒絕我和妳的邂逅。但妳就在這裡面。千真萬確地。我呼喚妳。

妳太傻了……妳怎麼會這麼傻？

我也是。

我完全幫不了妳。無能為力。

阿藤說的沒錯。

從一開始到最後，我都是個局外人。

對不起。

我好不甘心。

淚水泉湧而出，幾乎要嗚咽出聲。不能讓那兩個孩子看到我這副模樣。我吐氣拭淚。

往旁邊一看，有一張床。開襟衫和上衣整齊地疊好放在角落。我坐在床上，撫摸床單。

妳的「氣息」幾乎要壓垮了我。

啊，一直以來，我就是想要描寫這個「氣息」。如果能夠不斷地描寫這個「氣息」，直到我生命終結的那一刻……

眼前有個小書架，我在其中發現鮮豔的金黃色書本，倒吞了一口氣。我不可能看錯，就是我寫的小說。原來妳買了這本書，讀了它嗎？我把書從書架抽出來，翻開封面。書封上有我年輕時的照片。翻開書頁。雖然沒有任何註記，但確實有翻閱的痕跡。有人好好地從第一頁讀到最後一頁。

我忽然感覺到視線，抬頭一看，颯香正從門縫間偷看我。

「這是我寫的小說。」

「咦？」

聽到這話，颯香走進房裡。

「你是小說家嗎？」

她問著，走到我旁邊，想要看那本書，我向她展示封面。

「《未咲》！」

颯香回看身後。鮎美站在門旁。

「妳知道這本書？」

颯香問，鮎美點點頭：

「我有讀，作者就是乙坂鏡史郎先生。我收到他的信時，立刻就想到他是這本書的作者了。」

「這樣啊……。」

「可以請你簽名嗎？」

鮎美親暱地微笑，遞了一支筆給我。我翻開封面，在扉頁簽上自己的名字。

「謝謝！」

鮎美歡呼，就好像她是我的書迷。一旁的颯香開心地瞇眼。颯香一定也很久沒看到鮎美如此無憂無慮的笑容了。我在自己的名字旁邊添上兩人的名字。

「鮎美是鮎魚的鮎，美麗的美。」鮎美說。

「颯香有點難，颯爽的颯，芳香的香。立風颯，禾日香，知道是哪個字嗎？」颯香說。

我又補上當天的日期，闔上書本，正準備交給鮎美，卻看到鮎美不知不覺間拿來一個舊盒子。看上去是鞋盒。

「我……最早讀到的是這個。」

鮎美打開像是鞋盒的盒蓋。裡面裝的不是鞋子，而是好幾疊舊信封。我倒吞了一口氣。瞄上一眼就知道那是什麼了。

「你記得這個嗎？是你寫給媽媽的信。」

鮎美把盒子放到我旁邊。我逐一拿出裡面的信。郵遞區號、仙台市青葉區一番町的住址，還有妳的名字，如假包換，全是我特徵十足的筆跡。

鮎美緊抱著得到簽名的書說：

「信裡的內容和書一樣，這是巧合嗎？」

「這部小說，我每完成一部分，就會抄寫下來寄給她。因為這部小說就是要寫給她看的。原來她都讀了……。」

「嗯，媽媽一讀再讀，這是她的寶物。我也讀了好幾次，強烈地感受到你對媽媽的愛。如果你是我的父親就好了。」
豆大的淚水如寶石般從鮎美的眼中滾落。
「雖然有過許多難過的時候，但我一直覺得以媽媽為主角寫下這部小說的人，總有一天一定會來迎接她。一想到這裡，我就覺得勇氣百倍，可以繼續撐下去。雖然我希望那個人可以更早一點出現。可是，媽媽一定很開心。」
鮎美的眼睛滾出寶石般的淚珠。那模樣令我想起了大學時候害妳哭泣的那個早晨。鮎美旁邊的颯香，一樣流著豆大的淚水。我想起了國中時候害裕里哭泣的那個傍晚。
記憶的水壩彷彿潰堤了。有關無關、形形色色的記憶如走馬燈般在腦中奔馳而過。
啊，人生真的是由一連串的奇遇構成。是令人驚嘆的邂逅積累而成。
我再也克制不住，在兩個純真的淚人兒面前，竟也悲泣起來。

終章 † 遺書

結果新幹線的車票浪費了。我又延長停留的時間。我有太多事想問裕里——為我的小說做採訪。颯香說，裕里在仙台學院大學的圖書館工作。

一週過去，星期一一早我立刻拜訪圖書館，埋伏來上班的裕里。裕里吃了一驚，但很樂意配合訪談。接下來的兩天，她把早上和午休時間拿來回應我的訪談。第三天早上，做為謝禮，我送了相簿給她。雖然只是貼上我自己拍的仲多賀井中學的照片而已，但這算是裕里以前送我的照片的回禮。我只想得到這樣的禮物，但裕里還是很開心。照片中拍到了裕里意想不到的元素：鮎美、颯香和阿索。

「咦？這是……？」

「她們剛好在那裡。」

「我女兒和姊姊的……」

「颯香和鮎美。她們兩個和妳還有未咲國中的時候實在太像了，我忍不住出聲攀談，竟然真的是妳們的孩子。」

「真的太巧了！不過學校操場是她們遛狗的路線，遇到的機率很高。」

「真的很巧。」

「就是說啊，世上真有這麼巧的事，對吧？因為如果我和學長沒有在同學會上遇到，或許這隻狗就不會來到我們家，她們兩個也不可能去我們學校遛狗。」

「那樣我也不會遇到她們了。」

「對呀。」

「如果未咲還活著，妳也不會來同學會了。」

「是啊，就是說呢。這麼一想，就好像姊姊在引導我們。」

「或許真是如此。」

一切都是偶然。這個世界就是由偶然積累而成的。所以這每一件事、遇到的每一個人，或許都是難能可貴的。

「怎麼說……」我對裕里說：「謝謝妳。」

「謝什麼？」

「我又想要再繼續寫寫看了，小說。」

聽到這話，裕里臉上那毫不保留的喜悅，讓我差點當場癱軟。對我來說，這絕不是一件易事，就算她如此輕易地為此開心，我也難以回報她的期待。但她的笑容或許才是正確答案。寫的人總是想得太困難，但對讀者來說，就只有好看不好看而已。所以這份工作才困難，但是看到裕里的笑容，總覺得這樣的苦惱毫無意義。

「啊，對了！我都忘了！」

裕里說，跑回自己的辦公桌，從抽屜裡拿出一樣東西折了回來。不用出示封面，我也知道那是什麼。

是黃色的封面冠上她姊姊鮮豔的名字的書。

「上次忘記請你簽名了！」

在這趟小旅行中，我不期然地三次遇到年輕的時候寫的書，還有了三次為它簽名的機會。這暗示了什麼？是某種啟示嗎？第三次為這本《未咲》簽名時，會發生某些奇跡嗎？如果這是與惡魔的契約，讓我到死都無法停止書寫，那該怎麼辦？但不管那會是多麼刻苦的苦行，即使最後會令我墮入地獄——

不，這才是求之不得。

我在書上簽名，交還給裕里。

「耶！謝謝！」

裕里渾然不知我必死的覺悟，將黃色封面高舉向天，天真無邪地歡呼著。高亢的聲音在開館前無人的圖書館內迴響著。但裕里與我最後的握手強而有力，握得我都痛了。她的眼神也莫名地強勁。契約一旦簽下，就無法作廢了，你要一輩子為了寫作而痛苦——就彷彿惡魔借用了裕里的身體對我如此呢喃。我不服輸地握回去。

「耶！第一次和學長握手！」

裕里天真無邪的聲音令我猛然一驚。眼前的裕里看起來就和國中時一模一樣。儘管這是不可能的事，在我的眼中卻是如此。這應該不全是晨光的惡作劇。現在，我能看見裕里的靈魂。靈魂是不會變的。靈魂能超越時空，甚至超越死亡。如果這是錯覺，又有何妨？啊，我的心中有著永恆不變的妳。國中起絲毫未變的妳，現在仍活在我的心中，不斷地賦予我創作的原動力。雖然對於已經在天國安息的妳，這或許是無端的煩擾。

我也和鮎美及颯香見面了好幾次。這個時間點剛好。暑假將在這一週結束，下一週第二學期就開學了。或許對她們來說，等於是暑假最後的寶貴時光被我占用了。

我們在仲多賀井中學校門前會合，一起在校園裡散步，聽兩人述說種種。我心想她們在彼此面前，或許有些話不好傾吐，因此也各別對她們單獨訪談。不出所料，單獨訪談問出來的內容比較有趣。比方說，據說我第一次遇到兩人那天晚上，颯香就向鮎美坦承了某件事。
「我有了喜歡的人。」
「咦？」
「喔，我是在六月的時候，發現我可能喜歡他的。是坐我隔壁的男生。七月的時候，我發現我果然喜歡他，然後就放暑假了。我喜歡他的心情愈來愈強烈，強烈到連我自己都不知道該怎麼辦，結果我開始害怕起來，覺得暑假結束後在教室遇到他，一定會羞到滿臉通紅。上課的時候，只要一想到他，一定也會滿臉通紅。」
「咦？什麼？難道這就是妳想要一直留在這裡的理由？」
鮎美忍俊不禁，噗嗤一聲笑出來。
「笑什麼啦！有什麼好笑的！」
「因為、因為……這未免太可愛了吧！太可愛了！」
「啊——早知道就不說了！所以所以，我還是要回去。我要去學校！」
「咦？」

「聽到妳說的話，我總覺得自己好丟臉、好渺小。所以我也要鼓起勇氣去學校。」

「這樣啊。」

「欸，那本叫《未咲》的小說，是怎樣的內容？」

「妳自己讀啊。我剛才收去那邊了。」

颯香從床上爬起來，看了看書架，卻遲遲找不到，鮎美等不及，開始說明內容：

「……舞台是某一所美術學校，描寫以前的老同學在同一班再會。」

「抱歉，先不要說，我要自己看。在哪裡？啊，找到了。」

聽說這天晚上，颯香一直讀《未咲》讀到很晚。這是鮎美的說法，但颯香的版本卻有些不同。颯香說坐隔壁的男生喜歡她，死皮賴臉地追求她，讓她一想到要去學校就憂鬱不已，但讀完《未咲》以後，受到觸發，開始想要正面接受對方的愛情。鮎美聽到的版本和我聽到的版本，哪一邊是虛構、哪一邊是真實？只有颯香自己才知道。

我加入這些採訪得到的內容，加上若干——不，相當多的假設與幻想，寫下了這篇故事。是妳無法得見的、繼妳的人生之後的續集。

我問了一下鮎美將來的打算。她說她準備高中畢業後就去找工作。讓外公外婆扶養讓她很過意不去，所以她想要盡快獨立，供弟弟讀到大學。對於他們姊弟，我也想盡我一切所能。完成這部小說後，就把小說家的夢想封存起來，認真工作，資助他們兩個吧！只要他們願意，我想成為他們的父親。

妳呢？妳怎麼想？

其實，我把這個念頭告訴鮎美了。但她當場拒絕了。她說她希望我永遠寫小說，而且她們很快就會成年，擁有無限的可能性，希望我相信她們。

「媽媽在畢業典禮上的答詞，那就是她的遺言。」

我和妳共同完成的答詞，全文就刊登在小說《未咲》的最後一頁。讀過好幾次那本小說的鮎美，已經把它背得滾瓜爛熟了吧。這讓我非常欣慰，但她所說的遺言，意思和我想的並不一樣。

她給我看了一封信。信封只寫著「給鮎美、瑛斗」。翻到背面一看，上面寫著「母筆」。

是妳的遺書。

打開來一看，我大吃一驚。裡面裝的竟是我們一起完成的那份答詞原稿。除此之外，別無他物。妳交給留在世上的一雙孩子的最後一封信、那份稿子，到底具有什麼樣的含義？

妳在裡面傾注了什麼樣的訊息？

這個問題，也只能問妳了。如果妳不願意回答，我將不斷地提出這個疑問吧。對妳，也對我自己。

今天是我們畢業的日子。

國中時代對我們而言，一定會是這輩子難以忘懷、

並且彌足珍貴的回憶。

如果問我將來的夢想和目標是什麼，我現在還想不到答案。
但我覺得這樣就好了。
因為我們的未來有著無限的可能性，
有著數不清的人生選項。
這裡的每一個畢業生，不管在過去還是將來，
都走在獨一無二的人生道路上。
有些人會實現夢想，也有些人無法完全夢想成真。
每當遇到挫折的時候，對人生感到困頓的時候，
我們一定會一次又一次地回想起這裡。
回想起這個依然相信我們擁有無限大的夢想與可能性的場所、
每個人都平等地散發出高貴光輝的場所。

畢業生代表　遠野未咲

文學森林 LF0125

最後的情書

ラストレター

作者

岩井俊二

一九六三年生於日本仙台市。從事電影導演、寫作、編劇與音樂創作等工作。一九九三年以《向上打的煙火是要從下看，還是從旁邊看？》電視劇大獲好評，隨後並於電影院上映劇場版。一九九五年執導的首部長篇電影《情書》，在台灣、香港及韓國引爆人氣，掀起風潮。之後，岩井俊二陸續編導《燕尾蝶》、《夢旅人》、《四月物語》、《青春電幻物語》及《花與愛麗絲》等電影作品。岩井俊二也執筆小說作品，包括《情書》、《燕尾蝶》、《華萊士人魚》、《關於Lily Chou-chou的一切》（以上繁體版，新經典文化）、《庭守之犬》等。

譯者

王華懋

熱愛閱讀，嗜讀故事成癮，尤其喜愛推理小說與懸疑小說。現為專職譯者。譯有：《關於莉莉周的一切》、《渴望》、《年輕人們》、《東京，陌生街道》（以上皆新經典文化出版）。

美術設計　黃思維
責任編輯　李佳翰
行銷企劃　楊若榆
版權負責　李佳翰、陳柏昌
副總編輯　梁心愉

初版一刷　二〇二〇年四月一日
定價　新台幣三〇〇元

ThinKingDom 新経典文化

發行人　葉美瑤
出版　新經典圖文傳播有限公司
地址　10045臺北市中正區重慶南路一段五七號十一樓之四
電話　886-2-2331-1830　傳真　886-2-2331-1831
讀者服務信箱　thinkingdomtw@gmail.com
臉書專頁　http://www.facebook.com/thinkingdom/

總經銷　高寶書版集團
地址　11493臺北市內湖區洲子街八八號三樓
電話　886-2-2799-2788　傳真　886-2-2799-0909

海外總經銷　時報文化出版企業股份有限公司
地址　桃園市龜山區萬壽路二段三五一號
電話　886-2-2306-6842　傳真　886-2-2304-9301

最後的情書 / 岩井俊二作；王華懋譯. -- 初版.-- 臺北市：新經典圖文傳播, 2020.04
256面；14.8×21公分. --（文學森林；LF0125）
ISBN 978-986-98621-4-1（平裝）

861.57　　109002732